El Código Rosa

EL CÓDIGO ROSA

YOSMAN ALFONSO GUERRERO

YOSMAN ALFONSO GUERRERO

ÉL CÓDIGO ROSA

"UNA HISTORIA SOBRE LA LIBERTAD Y LA TRANSFORMACIÓN".

EL CÓDIGO ROSA

Yosman Alfonso Guerrero **yosguerreroescritor@gmail.com**
@yosmanalfonsoguerrero

© YOSMAN ALFONSO GUERRERO 2021

Edición:
Ediciones Bajo La Lluvia.

Diagramación:
Yosman Alfonso Guerrero

Ilustración y Diseño de Portada:
Héctor James Vinasco **hvinasco16@gmail.com**
@hector.j.vinasco.h

Sello: Independently published
Impreso en USA

Reservados todos los derechos. Salvo excepción prevista por la ley, no se permite la reproducción total o parcial de esta obra, ni su incorporación a un sistema informático, ni su transmisión en cualquier forma o por cualquier medio (electrónico, mecánico, fotocopia, grabación u otros) sin autorización previa y por escrito de los titulares del copyright. La infracción de dichos derechos conlleva sanciones legales y puede constituir un delito contra la propiedad intelectual.

Diríjase al correo (yosmanalfonsoguerrero@gmail.com) si necesita fotocopiar o escanear algún fragmento de esta obra.
https://www.instagram.com/yosmanalfonsoguerrero/

El Código Rosa

Dedicatoria:

Para Giccel Rubio, Héctor Vinasco, Keyla Guerrero y Yenlay Vinasco, por animarme a terminar esta historia.

Un fariseo invitó a Jesús a comer. Entró, pues, Jesús en casa del fariseo y se sentó a la mesa. En esto, una mujer, pecadora pública, al saber que Jesús estaba comiendo en casa del fariseo, se presentó con un frasco de alabastro lleno de perfume, se puso detrás de Jesús, junto a sus pies, y llorando comenzó a bañar con sus lágrimas los pies de Jesús y a enjugarlos con los cabellos de la cabeza, mientras se los besaba y se los ungía con el perfume. Al ver esto, el fariseo que lo había invitado pensó para sus adentros: «Si este fuera profeta sabría qué clase de mujer es la que lo está tocando, pues en realidad es una pecadora».
Entonces Jesús tomó la palabra y le dijo:
—Simón, tengo que decirte una cosa.
Él replicó:
—Di, Maestro.
Jesús prosiguió:
—Un prestamista tenía dos deudores: uno le debía quinientos denarios y el otro cincuenta. Pero como no tenían para pagarle, les perdonó la deuda a los dos. ¿Quién de ellos lo amará más?
Simón respondió:
—Supongo que aquel a quien le perdonó más.
Jesús le dijo:
—Así es.
Y volviéndose a la mujer dijo a Simón:
—¿Ves a esta mujer? Cuando entré en tu casa no me diste agua para lavarme los pies, pero ella ha bañado mis pies con sus lágrimas y los ha enjuagado con sus cabellos. No me diste el beso de la paz, pero esta, desde que entré, no ha cesado de besar mis pies. No ungiste con aceite mi cabeza, pero esta ha ungido mis pies con perfume. Te aseguro que si da tales muestras de amor es que se le han perdonado sus muchos pecados; en cambio, al que se le perdona poco mostrará poco amor.
Entonces dijo a la mujer:
—Tus pecados quedan perdonados.
Los comensales se pusieron a pensar para sus adentros: «¿Quién es este que hasta perdona los pecados?».
Pero Jesús dijo a la mujer:
—Tu fe te ha salvado; vete en paz.

Lucas 7,36-50

EL CÓDIGO ROSA

El Código Rosa

PRIMERA PARTE
LIBERTAD

CAPÍTULO I

Día 1 Laure y Lorem

-Hola, pasaré a recogerte en el lugar que me dijeron.
-Hola, de acuerdo. ¿ya realizaste los pagos de los servicios?
- ¡si claro! Ya hice las transferencias, puedes revisar.
-los servicios como sabéis son por hora. ¿cuántas horas has cancelado?
-Pagué 744 horas...
- ¿perdón? ¿7 o 4 horas? No escuche bien.
-he pagado 744 horas por tus servicios.
- ¿744?
-si...
-(silencio)
-... ok ¿necesito pasaporte? ¿A qué país quieres ir?
-iremos a Francia, no es necesario que sepas hablar francés, quizás lo básico para cuando haya que ir a cenar o algo así, de resto sólo estaréis conmigo.
-de acuerdo, igual sé hablar francés a la perfección, haré mi equipaje y estaré en el sitio a las 8:00 pm.
-ok.

Ese fue el día que decidió hacer la llamada, había pasado un mes entero planificando el viaje, escogiendo destinos, pensó en diversas opciones, Italia, Estados Unidos, la República Checa, o incluso no salir de España, pero se había decidido por Francia en la última semana antes de la llamada. El país no importaba, tampoco el dinero, 74 mil euros no es nada cuando eres millonario. Pero había decidido ir a Francia porque era uno de los pocos países en donde no tenía muchos amigos. Sólo conocía a uno, quien era uno de los clientes más fieles de la empresa, aquél amigo que era francés y dos mujeres francesas que había conocido en una cena en Budapest.

Nunca antes había pagado por los servicios de una prostituta, era muy rico y cuando se es muy rico, todo es fácil de obtener, incluso el sexo, sin necesidad de pagar nada; los lujosos departamentos, los autos, la ropa costosa, las grandes cenas, las fiestas estrafalarias donde asistían personalidades importantes, como cantantes, escritores, políticos, empresarios. Todo eso pagaba las noches de sexo con chicas hermosas, unas gracias a los genes heredados de sus padres y otras gracias a las manos y el bisturí de algún cirujano plástico.

Nunca le hizo falta eso, perdió la cuenta de las damas con las que repetía las mismas escenas eróticas. Porque el sexo siempre es igual, el mismo acto, los mismos movimientos, las mismas caricias, en los puntos correctos para activar las hormonas indicadas que encienden los cuerpos, del mismo modo que botones encienden algún aparato electrónico.

Ella, la prostituta, la dama que ofrecía su cuerpo a cambio de dinero para ganarse la vida, seguro usaba uno, dos, cuatro, o incluso diez nombres falsos, porque su identidad siempre debe ser protegida. En el Catálogo digital de prostitutas. Sí catálogo, se encontraba en la sección de mujeres pelirrojas y de piel blanca. Como un producto que compras en la red, podéis elegir el color de piel, el tipo de cabello de tu preferencia, si deseas que sea delgada, o un poco gorda, con vello púbico o lampiña, cualquiera que fuese tu deseo, en el catálogo seguramente encontrarás el producto adecuado a tus exigencias sexuales, desde brasileñas, asiáticas o mexicanas, allí hay de todo tipo, de todos los colores, y de todos los tamaños. Y como todo producto que se vende a un público determinado, también existen los precios, que en estos casos varían según ciertos criterios, una hora con una joven de 20 años vale tres veces más que con una mujer de 30. Pero cuando estás dispuesto a satisfacer tus más ocultos deseos, el precio no importa. Luego de pasar horas o quizás días escogiendo el producto de tu mayor gusto, pagas y el producto llega a tu habitación de hotel, o a tu casa, o a donde quiera que quieres que llegue, como un paquete que pides a cualquier destino.

Al finalizar la corta llamada, sabía que ella, consultaría en su calculadora las horas que él había pagado, y se daría cuenta que 744 eran exactamente 31 días, y que ese día era el primer día del mes.

Pensó "¿qué haré treinta y un días en Francia?, he ido a muchos países, por una, dos, hasta tres noches, pero ¿treinta y un días? es una locura". Otro pensamiento "sería una locura no ir, el dinero está en mi cuenta, y con eso solucionaría muchas cosas". Volvió a pensar "y si ¿éste es otro psicópata como los dos asiáticos con los que me tocó lidiar aquella vez en Berlín? Sintió por un segundo miedo, mientras preparaba el equipaje". El equipaje para estas damas es muy importante, a veces los clientes no especifican nada, por esa razón en su maleta guardaba lo necesario, disfraces eróticos con muy poca tela, juguetes sexuales para que el cliente los usara en ella, o ella en ellos, como sucedió en algunas ocasiones, guardó lociones, aceites, látigos, antifaces, cuerdas, ropa interior de diversos colores.

Pocas veces dedicaba tiempo a pensar como sería el cliente, en realidad eso no tenía ningún tipo de importancia, siempre en la mayoría de ocasiones eran hombres adultos, por lo general entre los cuarenta y sesenta años, empresarios, directores de algo, representantes de alguna compañía, políticos, esposos que gastan dinero buscando la satisfacción que sus esposas no les ofrecen, por dedicarse a su labor de madres. También algunas veces en los cuatro años que tenía hasta ese momento, como servidora privada de las necesidades sexuales de desconocidos, había aprendido que no importaba quienes eran esas personas, y sus problemas que los llevaban a buscar lo que en sus hogares no tenían. Al final ella no era culpable de que esa gente gastara dinero en sexo y no en un tratamiento para parejas para intentar rescatar sus matrimonios. A ella sólo le importaba el dinero que generaba alquilando su cuerpo.

Pero esta vez, la llamada había generado en ella cierta curiosidad por varias razones, la primera era que aquella voz de aquel cliente, no era la que comúnmente sus oídos estaban acostumbrados a oír, esta voz había sido distinta, muy educada y de un tono mucho más juvenil que todas las demás, también la cantidad de horas de servicio requeridas, que tenían a su mente algo desordenada intentando entender a qué nuevo fetiche se enfrentaba. Y lo que también llamó su atención fue que aquel hombre había dicho que sólo estaría con él, en diversas ocasiones cuando salía del país no sólo era para tener sexo lejos de posibles conocidos de sus clientes en España, sino también para asistir con ellos a eventos, para lucir a una chica hermosa de acompañante, aunque todos y cada uno de los invitados de tales eventos supieran que esas chicas estaban allí sólo por dinero y no por voluntad. Entonces si estarían a solas la mayoría de los treinta y un días, no habría ningún evento. Tampoco había señales claras de que se tratase de algún cliente frecuente, habría reconocido su voz de inmediato.

Era la primera vez que tenía dudas, pero ya había decidido seguir adelante con el trabajo. ¿Qué podría sorprenderle? En esos cuatro años se había topado con todo tipo de hombres, con todo tipo de fetiches, desde bisexuales en tríos, sadomasoquismo, había sido amarrada como un animal muchas veces, para ser penetrada desde todos los ángulos posibles, había sido bañada con crema de leche, chantilly, vino, cerveza, whisky, frutas, salsa de tomate, y una vez un gordo de Rusia la aderezo con mayonesa en sus pezones para lamerlos mientras comía pan. Había experimentado de todo, locuras tan poco imaginables como haber sido contratada por una mujer, sólo para ver como su marido tenía sexo con ella, mientras la mujer se masturbaba mirándolos. De veras ¿Qué le podría sorprender? Estaba física y mentalmente preparada para lo que sea. A sus veintitrés años recién cumplidos ya había vivido prácticamente de todo en la prostitución.

El Código Rosa

Eran las 8:00 pm en punto, del primer día de marzo, era domingo, y el pequeño nerviosismo que había sentido en su departamento aún seguía presente, donde estaba parada con su maleta se detuvo un auto. De inmediato recibió un mensaje de WhatsApp indicando que ese era el vehículo del cliente.

Como de costumbre, subió al auto sin hacer preguntas esperando a que se detuviera en algún hotel, edificio, casa, bar, disco o cualquier sitio al que el cliente quisiera llevarla. En el auto, iban dos personas, el chofer que no decía ni una sola palabra, sólo se dedicaba a hacer su trabajo conduciendo el automóvil, en la parte trasera donde ella iba, estaba un hombre de unos 35 años muy bien vestido, con traje de etiqueta que realizaba llamadas en ruso, idioma que ella no entendía, pero expresando dar indicaciones, sin duda, él era el cliente. El hombre era de tez blanca, ojos ámbar y cabello castaño grueso muy bien cortado y peinado al descuido, quizás de origen español o italiano, parecía de foto de revista, era guapo y sofisticado. Solía analizar rápidamente a los hombres y normalmente acertaba. El nerviosismo poco a poco fue desapareciendo, se sentía ahora tranquila, aquel joven de aspecto ejecutivo le generaba una repentina confianza. Cuando finalizó de hacer las llamadas en ruso, en un perfecto español se presentó:

- ¡Hola! Perdona es que estaba dejando todo preparado en la empresa, un mes de ausencia del jefe es suficiente para que encuentre un auténtico desastre cuando regrese. Mi nombre es...
-mi nombre para ti será "Lorem".
-hola, muy bien Lorem y no te preocupes. -respondió muy educadamente ella-.
-mi nombre para ti será "Laure".
-perfecto Laure. Respondió Lorem mientras el auto estaba detenido en un semáforo rojo-.
-nos dirigimos hasta la frontera con Francia, como ya te dije en la llamada, allí es donde iremos.
-perfecto. -respondió ella.

Cómo Lorem le hacía sentir confianza, no hizo preguntas sólo se quedó callada y respondía cada vez que él le hacía una pregunta. Cerca de las 10 de la noche se detuvieron en una estación de servicio de combustible y cenaron comida rápida. Ya desde ese momento Laure empezaba a sentir que esta aventura sería diferente, normalmente sus clientes cenaban en destacados restaurantes gourmets, estaba acostumbrada a eso y a sitios muy lujosos, pero esto le sorprendía agradablemente. Luego de la cena súper barata, volvieron al auto, Lorem sacó de la cajuela un par de almohadas y se las dio diciéndole que durmiera. Él se sentó en el puesto del copiloto y también se recostó para dormir, recién comenzaba la noche y faltaban nueve horas para llegar a Fuenterrabía en el País Vasco.

CAPÍTULO II

Día 2

Llegaron a las ocho y treinta minutos a "Hondarribia" que es el nombre de la ciudad en euskera. En aquel sitio fronterizo los dejó el conductor, para que continuase su viaje a Francia solos.

-a partir de este lugar sólo seremos tú y yo.
-ok entiendo, no hay ningún problema. Respondió la chica asintiendo con la cabeza para indicar que estaba de acuerdo.
-muy bien, debes saber que no tendremos guías, iremos viajando en un auto que renté, el auto nos espera en *Hendaya*, ese auto no tendrá conductor, seré yo quien conduzca, pues ya te he dicho que solo seremos tu y yo.
-perfecto. -Contestó Laure un poco asombrada. A pesar de que el cliente decía que irían sin guía alguno, parecía tener cada detalle perfectamente planificado.

Tomaron un taxi al cruzar la frontera, llegaron a un estacionamiento donde estaba el auto. Guardó la maleta de Laure en el baúl. Ambos abordaron el auto y empezaron el viaje. Recorrieron alrededor de treinta minutos, hasta que llegaron a *Saint Jean de Luz*, llegaron a un hotel cerca de la playa donde ya estaba reservada una habitación a nombre de Lorem.
Recibieron las llaves, subieron al segundo piso por las escaleras que estaban adornadas por hermosos cuadros que representaban épocas medievales.

Le agradaba todo lo que veía, el aspecto del lugar, la playa, aunque en el invierno sería una locura bañarse, le gustaban las bonitas calles, era como estar de vacaciones. Aunque ya sabía que no duraría allí muchos días.

Lorem abrió la habitación, y como un caballero con modales le hizo una señal con la mano para que ella entrara primero.

Entró y se sorprendió en el mismo segundo, en la habitación había dos camas individuales muy bien arregladas y en cada una había una maleta.
- ¿dormiremos en camas separadas? -preguntó sorprendida.
-sí, no tengo intenciones de acostarme contigo. -respondió Lorem en un tono sumamente honesto y amable.
-ok...
- ¿para qué pagaste por mis servicios por tantas horas si no las vas a usar? -preguntó en un tono un poco ofendida Laure.
-espera, no te ofendas, a mí me encantaría hacerte el amor ahora mismo eres una chica hermosa, pero no fue para eso que te contraté.
- ¿para qué entonces? ¿y esas maletas que significan?
-siéntate y deja que te explique. -le dijo Lorem tomándola de la mano.

Laure no entendía nada de lo que estaba sucediendo, reaccionó involuntariamente, se había sentido ofendida, brindaba servicios por hora, pero eso no significaba que cualquier loco podría usar su tiempo para lo que deseara, aunque sonara irónico, su tiempo lo vendía para ofrecer sexo nada más. Esto le parecía muy extraño.

-yo no soy un cliente normal, y cuando te digo normal, me refiero a la clase de personas que buscan servicios como los que tú y otras chicas ofrecen, que he de suponer en la mayoría de los casos serán hombres casados, ausentes de sexo y eso no me ha faltado, tampoco poseo fetiches raros para sentirme placentero, no te voy a amarrar, no te voy a golpear, no te hare nada de eso, porque yo soy una persona diferente.
-Entiendo. -respondió mucho más calmada Laure.

-En cuanto a las maletas, es porque la pinta que traemos no es la más adecuada para un viaje como el que vamos a hacer. Adentro tienen lo adecuado para ambos, productos de higiene personal, calcetines, calzado, ropa de invierno. En el closet hay tres abrigos para ti. Puedes tomar los tres si quieres.
-muy bien, gracias.
-no te preocupes, la maleta que trajiste no la necesitarás, la enviaré a Madrid y estará en uno de mis departamentos hasta que regresemos.
-perfecto. ¿Qué haremos en Francia entonces? -preguntó Laure.
-no lo sé, supongo que conocernos y conocer Francia. No conozco mucho este país, aunque se hablar perfecto el idioma.
"¿quién quiere conocer a una chica que trabaja de prostituta?", pensó dentro de sí.
-Entiendo, yo tampoco conozco mucho este país, y sé hablar francés muy bien porque nací en Bélgica.
- ¿Bélgica?
-sí.
Tampoco conozco Bélgica, aunque mi bisabuela sí nació allá.
-bueno espero que algún día lo hagas, así le rendimos homenaje, es un lindo país.

Luego de la conversación, ya cambiados de ropa, almorzaron en un restaurante cercano al hotel desde donde se podía ver la hermosa playa, totalmente vacía en la época de invierno. Se podía ver las casas y hoteles, casi todos de color blanco con sus techos de tejas carmesí. Como si todos los de ese lugar lo hubieran acordado, o a lo mejor era una propuesta de alguien para aumentar el turismo, que había resultado muy bien. Aquella pequeña ciudad que adornaba el mar lucía maravillosa. Casi perfecta con su casas y hoteles pintados igual, y un montón de barcos de pesca todos también blancos.

- ¿Cuántos días estaremos aquí? -preguntó ella-.
-sólo hoy, mañana nos iremos.
- ¿te puedo pedir un favor?
-dime.
-quisiera bañarme en la playa. -dijo la chica mirando el mar con nostalgia.
-eso no es un favor, si tú quieres bañarte en la playa hazlo y ya, sólo espero que no te de hipotermia debe estar helada el agua.
-si es un favor, porque yo estoy aquí para complacerte a ti, no para que me complazcas tú a mí.
-bueno ya te dije que soy un cliente diferente, puedes hacerlo, puedes bañarte en la playa, puedes comer lo que quieras, si quieres hacer alguna compra solo dímelo y ya, incluso si quieres irte puedes decírmelo y te enviaré en un vuelo a Madrid si me lo pides.
-sólo quiero bañarme en la playa. -respondió Laure casi sin palabras e impresionada con lo que acababa de decirle Lorem.
- ¿quieres que te acompañe? Tendré un par de mantas a la mano porque seguro saldrás congelándote.
-Está bien. -respondió ella.

Luego del almuerzo en el restaurante con vista perfecta, dieron una pequeña caminata por la hermosa ciudad, que en épocas de invierno no poseía demasiados visitantes, muchas de sus tiendas estaban cerradas, sobre todo las que ofrecían productos que sólo los turistas compran. Entraron a una tienda y Lorem compró una pequeña cámara con la que se hacen fotografías y se imprimen instantáneamente al estilo de las antiguas cámaras de ferias.

La señora que atendía la tienda les explicaba cómo funcionaba el dispositivo a ambos, como si fueran una pareja de recién casados que hacen su primer viaje de luna de miel.

-les gustará, es muy fácil de usar, toman la foto, y ella misma la imprime en segundos. Tomas el papel y lo sacudes un poco, luego de unos 15 o 20 segundos, se secará y verás el maravilloso resultado.
-perfecto, suena muy fácil. Respondió Lorem.
-hagamos una pequeña prueba, júntense para tomarles una fotografía. -dijo la señora a ambos que sin protestar se acercaron y sonrieron frente al lente de la pequeña cámara.

La señora tomó con delicadeza el papel y lo sacudió por unos segundos y les enseñó la bonita foto, en la que aparecía una pareja joven, posiblemente como las fotos que se toman los recién casados al hacer viajes en los primeros años de sus matrimonios.

-muchas gracias. -dijeron ambos a la amable señora y salieron de la tienda.
- ¿entonces así lucen los recién casados? -dijo sarcásticamente Laure sonriendo.
-Tal vez, supongo que muchas parejas cuando viajan visitan esa tienda, por eso se le hizo familiar decirnos eso. -respondió Lorem también con una pequeña sonrisa.
- ¿para qué compraste la cámara?
-para tomar fotos. -respondió Lorem en tono de chiste.
- ¡yo sé que es para tomar fotos señor! pero ¿por qué?
- ¡Vale no pensé que te gustara interrogar a tus clientes! -respondió Lorem riéndose.
-bueno, perdón, es que todo esto es algo raro para mí, es la primera vez que me encuentro más de un día con un cliente que no me ha tocado, y bueno todo lo demás. Es raro por eso pregunto.
-Entiendo, bueno te dije que esto es un viaje de treinta y un días, la gente cuando viaja toma fotografías, y en eso soy como todas las personas, si voy a sitios nuevos, y si son lindos tomaré fotos, eso es todo.
-Está bien, son ya las tres de la tarde, quisiera ir a la playa a bañarme, si vamos más tarde de seguro si me congelo en serio. -dijo Laure.
-muy bien, vamos.

Caminaron hasta la hermosa bahía, la playa estaba serena aquella tarde de invierno, la brisa que llegaba del mar era bastante fría, pero aun así ella no cambió de opinión, caminaron por la arena que era acariciada por la marea, Lorem tendió una manta en la arena y se sentó.

-bueno ve y metete, yo ni loco iré a bañarme con este frío.
-lo sé, se ve que no tienes las agallas. -dijo Laure que parecía una niña emocionada que tiene mucho tiempo sin bañarse en el mar.
-prefiero seguir sin agallas, mejor te veo y te tomo fotos desde aquí.

Él la miraba mientras se despojaba de su ropa, aquella guapa mujer de cabello rojo y piel blanca como la nieve. Se quitó el abrigo y se fue caminando hacia el agua sin decir nada y sin mirar atrás.
Lorem estaba impresionado, la chica en las fotos del catálogo lucía muy bonita capaz de convencer a cualquier hombre que visitara esas páginas. Pero verla en frente era distinto, lucía mucho más hermosa, y dentro de sí pensaba que esa joven que había nacido en Bélgica, no se parecía en lo absoluto a la idea que tenía de ese tipo de chicas, de lo que había escuchado de amigos. Ella parecía una joven normal, quizá a punto de finalizar alguna carrera universitaria.

Laure se sumergía en el agua como una niña de trece años, inocente, descubriendo la belleza de la naturaleza, sintiendo el cariño del mar abrazándola con sus pequeñas olas, arrancándole sus tristezas de adulta, sus historias penosas del pasado y llevándolas al océano para enterrarlas en sus inmensas profundidades para siempre.

El mar limpiaba su cuerpo, su alma, y le devolvía la pureza que sólo las mujeres pueden tener, se sentía libre nuevamente, de sus ojos no paraban de brotar lágrimas, Lorem no lo notaba porque estaba muy lejos, ella sentía que acababa de ser liberada de una prisión, para volver a ver el mundo que conoció cuando sólo era una niña que soñaba con mojarse en las aguas del mar, en sus adentros, daba gracias a Dios por ese momento, y por haber conocido a aquel hombre que la había llevado a ese lugar.

Lorem la miraba y le parecía estar en una especie de espejismo, las melodías del mar y sus olas, el sonido del viento, las caricias de la brisa fría, las aves marinas que cantaban mientras volaban sobre la bahía, el cielo azul que parecía estar pintado por el pincel de Dios, más azul y más hermoso que nunca.

Al pasar unos minutos y haber sentido que se trasladaba a otro mundo, Laure salió del agua, caminó en dirección a Lorem que le tomaba fotos desde lejos. Cuando estuvo frente a él, Lorem la abrigo con un par de mantas y la envolvió en sus brazos. La chica estaba helada, y aquel abrazo era tan necesario como el agua que acababa de limpiar su cuerpo y su alma.

-gracias Lorem. -dijo ella temblando.
-te dije que te congelarías. Vamos por unas tazas de café.
-Está bien.

Caminaron en dirección al hotel, en un silencio parsimonioso, casi cómplice de aquella linda tarde en la playa vacía. Llegaron a la habitación nuevamente, ella se fue a ducharse con agua tibia y él fue por un par de tazas de café. Cada uno pensando en lo que estaba sucediendo en aquel viaje que recién comenzaba, pero que ya daba demostraciones de que iba a ser una aventura que ninguno iba a olvidar.
Lorem llegó a la habitación con el café y ella estaba sentada en la cama con las piernas cruzadas, como una niña de ocho años esperando su merienda en horas de la tarde.

-aquí tienes, bébelo, está caliente, te sacará el frío. Por favor no me pidas nuevamente eso, por más lindo que fue observarte en el mar, no quisiera terminar llevándote a un hospital debido a una hipotermia. El invierno está fuerte.
-no te preocupes, fue suficiente, tampoco quiero terminar en un hospital.
-sabes verte en el agua, me dio la sensación de que eres una chica diferente.
-soy una chica diferente, lo sabes.
-quisiera conocer a esa chica diferente.
-temo que encontrarás algo que tal vez no te guste.
-no lo sé, quisiera intentarlo.
- ¿qué quieres de mí? -preguntó Laure.
-quiero ver que hay detrás de la chica del anuncio.
- ¿Por qué? Sólo soy una puta.
-oye no necesitas ofenderte a ti misma. Todos cometemos errores, yo tampoco soy un ser perfecto también cargo con muchos pecados encima.

-soy una puta ¿no lo ves? Esto está siendo raro para mí, los hombres solo pagan dinero para que los satisfaga, nada más, nadie quiere conocer a alguien como yo.
-yo no soy "nadie".
- ¿qué haremos todos estos días? Viajar en el coche y ver sitios lindos ¿pretendiendo qué? Somos personas muy diferentes.
-sólo somos personas, quiero descubrir a la chica que vi hace unos minutos en la playa.

Ella permaneció en silencio ante aquella respuesta, Lorem si había logrado entender que ella en el agua tuvo un momento sensible, que brotaba desde su interior a la verdadera chica que había apresado hace cuatro años.
Luego de aquella conversación ambos se fueron a dormir cada uno en su respectiva cama.

El Código Rosa

CAPÍTULO III

Día 3

A las 8:00 am se despertó Laure y notó que Lorem no estaba en su cama, junto a su pequeña mesa de noche colgaba una pequeña nota de la lámpara que decía:

"fui a hacer algunas compras de provisiones para continuar el viaje, a las 8:30 am te subirán algo de desayuno, come y prepárate para salir a las 9:00 am". Lorem

Ella siguió las instrucciones, se duchó, comió y a las 9:00 am estaba esperando a Lorem en el lobby del hotel. Seguía sorprendida como él hacía todo, planificando hasta el mínimo detalle, entonces empezó a sentir curiosidad sobre el trabajo que realizaba. Seguro era dueño de una empresa de logística o quizás era administrador, también pensó que Lorem era organizador de eventos, pues siempre lucía atento a todo, y parecía tener planificada hasta cada palabra que salía de su boca.

A la hora exacta llegó Lorem al lobby, ambos agradecieron la magnífica atención de los trabajadores del hotel y se fueron.

En el auto, ya Laure en el tercer día junto a Lorem parecía haber perdido la timidez y estaba preparada para empezar a hacer preguntas, rompiendo una de las más estrictas reglas de su profesión, no relacionarse con sus clientes.

-tengo curiosidad acerca de ti.
- ¿qué deseas saber de mí?
-empecemos por datos básicos, y cada pregunta que yo te haga yo también te daré mi respuesta.
-vale, eso me agrada, al parecer pensaste en la conversación que tuvimos anoche.

-sí, entiendo que esto es diferente, y quiero que siga siendo diferente.
-bueno comienza con tus preguntas.

En ese momento Laure hurgó en su maleta y sacó una pequeña libreta de notas.

-quiero escribir todo, para que no se me olvide.
-de acuerdo.
-primero quiero saber tu edad y tu nacionalidad.
-tengo treinta años y soy español.
-yo tengo veintitrés y soy de Bélgica.
-muy bien continua.
-cuál es tu profesión.
-estudié administración, para dirigir la empresa de mis padres, que es lo que hago, así que sí soy administrador de profesión.
-bien, y bueno ya tu sabes la mía. Completó algo apenada Laure.
- ¿alguna vez quisiste estudiar? Preguntó Lorem.
-Claro, todos cuando somos pequeños soñamos con ser alguien importante, doctores, astronautas, científicos, algún cantante famoso, en mi caso quería ser...
-a estas alturas no tiene caso que quería ser cuando era niña.
-vamos, dímelo, mi sueño de niño era ser pescador, algo raro, pero soñaba con perderme en el mar durante meses y regresar con mi barco lleno de peces.
-no luces como uno.

-lo sé, tomé otro camino y por eso no luzco como uno, pero quizás dentro de muchos años me convierta en uno.
-si tú lo dices, bueno, mi sueño de niña era ser maestra de escuela.
-eso es algo muy lindo, y creo que eres joven, aún podrías cumplirlo.
-no, ya no me veo dedicándome a eso.
-bueno, he dicho que las preguntas las haría yo.
-ok, continua que yo respondo.
- ¿tienes esposa?
- ¿te parece que tengo esposa?
-sí.

-pues te equivocas, no tengo, soy soltero.
-yo también soy soltera.
- ¿tienes familia? Ya sé que me dijiste que administras el negocio de tus padres, pero quisiera saber más.
-mi madre se llama Verónica, ella vivió en Francia junto con mi abuela Amanda, por eso quería venir aquí, en mi familia hay muchas historias de este país, mis bisabuelos concibieron a mi abuela en París, mi abuela Amanda vivió casi toda su vida aquí, aquí conoció a mi Abuelo Lorenzo.
-luego de la muerte de mi bisabuela Zoe, se fueron a vivir a España, por razones de trabajo, mi abuelo era un genio en el área de las encomiendas, mi madre creció en Madrid, y allí en la universidad conoció a mi padre, de esa unión nací yo, mi madre sufrió mucho cuando murió mi bisabuela Zoe, siempre iba a París a visitar la antigua casa de mis bisabuelos George y Zoe, tal vez algún día te cuente esa historia.

-me encantaría oír esa historia.
-muy bien, ahora tú.

-bueno, ya te mencioné antes que nací en Bélgica, en un pequeño pueblo llamado Lemur, tuve una infancia normal junto a mis padres, hasta que fallecieron juntos en un accidente aéreo, yo tenía nueve años cuando eso sucedió, duré un año en un orfanato hasta que mi tía decidió hacerse cargo de mí, me mude con ella a Bruselas, fui a la escuela, y a la secundaria, mi tía vivía sola, en ese entonces conoció a un hombre y se enamoró, pasaron cinco años de absoluta tranquilidad, éramos una familia normal, y luego otra tragedia me quitó a mi tía, un día ellos discutieron muy fuerte, mi tía estaba cansada de ver llegar a su esposo borracho todos los fines de semana, discutieron al punto de llegar a la violencia, yo desde mi habitación sólo escuchaba los gritos e insultos que se decían mutuamente.

Lorem detuvo el auto a un costado de la carretera, porque notó que contar la historia a Laure le afectaba un poco.

- ¿Por qué detienes el auto?
-quiero escucharte con toda la atención posible.
-de acuerdo...
-ellos siguieron insultándose, empecé a oír cómo caían al suelo las cosas y se rompían, ellos siempre discutían, pero nunca hasta ese punto, salí de mi habitación gritándole que no golpeara a mi tía, y él de un golpe me quitó del medio, me decía que era una carga y que mi tía nunca debió hacerse cargo de mí. Desde el suelo vi como ese hombre de nombre que no quiero recordar, con un cuchillo le quitó la vida a mi tía. Yo estaba petrificada, no podía moverme y no podía decir una palabra, tenía miedo de que también me quitara la vida a mí.

Laure hizo una pausa, al hablar de eso sentía volver a esos trágicos instantes, y su rostro se cubría de lágrimas.

-si quieres dejar la historia hasta aquí está bien. Dijo Lorem.
-tranquilo, me hace bien contar esto, me libera de alguna forma.
-el hombre cubrió el cuerpo de mi tía con unas mantas, y me obligó a irme con él en su auto, a otro lugar. No sé durante cuánto tiempo viajamos, solo sé que el auto se detuvo en una casa muy bonita. Cerca de la frontera con Francia.

_...(silencio)

-de veras si quieres contarme eso otro día no hay ningún problema.
-no, tranquilo, nunca he hablado de esto con nadie, y siento que dejar salir todo esto me libera un poco.
-Está bien, continúa.

-en la casa bonita, nos recibió una señora de unos cuarenta años, muy educada y muy bien vestida, a mí me llevaron a un cuarto donde me bañaron y me cambiaron de ropas, una señora de unos sesenta años me dio de comer y me dijo que todo iba a estar bien desde ese día en adelante, y que no tuviera miedo.
-pasé la noche en esa habitación y nunca más supe del hombre que había matado a mi tía y me había llevado a ese lugar.
-al día siguiente con menos miedo al no estar cerca de ese hombre, pero con cierta incertidumbre al encontrarme en un lugar desconocido, empecé a hacerle preguntas a la señora anciana cuando entro a la habitación a darme desayuno.
-le pregunté que dónde me encontraba, y que porqué el hombre se había ido y me había dejado en ese lugar.

-ella me dijo que esa casa gigante era un orfanato sólo para mujeres, y que la señora que me había recibido se llamaba Lady Blue, que no tuviera miedo, también me dijo que no era la única niña en la gran casa, y pude confirmarlo a la hora del almuerzo, bajé del segundo piso de mi habitación, acompañada de la anciana, en una sala de tamaño mediano había un gran comedor, allí se encontraban al menos veinticinco chicas más. Todas de edades similares a la que tenía yo en aquel momento, la mayor debía tener unos dieciocho años.

-llegué a la sala donde estaban todas las chicas, muy bien vestidas y con sus cabellos largos y muy bien cuidados, sus ropas impecables, prestando total atención a la señora Lady Blue quien les explicaba que yo era la nueva integrante de aquella casa.

-sentía alivio total al verme una vez más en un orfanato, no era la primera vez, pero tenía muchas preguntas, y la que más retumbaba en mi cabeza era porque el violento hombre en lugar de matarme me había llevado allí. Por supuesto al pasar el tiempo entendería todo.
-luego de la bienvenida en el almuerzo, Lady Blue, me tomó de la mano y me llevó a su oficina, me hizo preguntas normales sobre mis datos personales para rellenar unos formularios de la casa, ya que era su nuevo huésped.
-me dijo que le recordaba a ella misma de niña en apariencia, y en realidad la señorita Lady Blue, fácilmente pasaría por mi madre, éramos muy similares físicamente.
-también me dijo que había muchas reglas en la casa, que iría aprendiendo al pasar los días, y hubo una pregunta que me sorprendía de aquella primera entrevista aquel día.

-ella muy educadamente me preguntó si yo era virgen.
-a lo que claramente le respondí que sí.
-ella me dijo que preguntaba eso porque en los orfanatos algunas veces llegaban niñas que habían sido víctimas de violación.
-afortunadamente yo no pertenecía a ese fatal grupo de niñas.
- ¿Entonces llegaste a otro orfanato?
-si ese lugar era maravilloso en todo sentido. Recibí el mejor trato que tuve en mi vida, la casa siempre rebosaba de alegría, todas las chicas nos queríamos como hermanas y queríamos a quienes nos cuidaban como nuestras propias madres. En aquella casa recibimos clases de diversos idiomas, también nos instruyeron modales, y otras materias básicas, pero lo importante era aprender a hablar al menos tres idiomas.
-por eso sabes hablar el español tan bien.
-sí.
-supongo que la historia en aquella casa no termina ahí.
- ¡no! De hecho, apenas comenzaba mi travesía en este mundo.
- ¿quieres seguir hablando?
-no, creo que ha sido suficiente por hoy.
-muy bien continuemos el viaje entonces.

-sabes hace mucho cuando viajaba con mi padre acostumbraba a ir de copiloto, me gustaba ojear el mapa y apuntar los sitios con nombres raros que llamaban mi atención, pero ahora como soy quien conduce y tú eres mi copiloto, serás tú quien lo haga.
-bueno, creo que es una buena idea.
-Abre la guantera allí hay un mapa que compre en la mañana. Estuve haciendo preguntas y todos coincidieron que la ruta más hermosa para conocer la antigua Francia, es por los pirineos.
- ¿los pirineos? Preguntó Laure mientras abría el mapa.
-sí, bueno si te apetece otra ruta, dime y vamos por otra.
- ¡no! De hecho, los pirineos deben ser asombrosos, recuerdo que, en uno de mis libros favoritos, una pareja hace un viaje a un pueblo de los pirineos. Y siempre me causó curiosidad conocer el lugar.
- ¿cuál libro es ese?

-Se llama: *"A Orillas del Río Piedra Me Senté y Lloré"* de *Paulo Coelho*.
-fantástico. Pues quizás tengamos que conocer el pueblo de nuestro amigo escritor Paulo.
-mientras tanto busca *Ainhoa*, en el mapa. Es el primer pueblo en la ruta de los pirineos.
-Está a unos 70 minutos.
-Bueno, vamos.

CAPÍTULO IV

Día 3

Llegaron observando con detenimiento sus casas perfectamente alineadas que forman un paraje de cuento a los pies de los Pirineos. Ojeando para ver algún hospedaje se pudo ver la *Maison Oppoca*, que sobresalía poco al estar pintada de los mismos colores que todas las otras casas de la calle, detuvieron el auto. Y entraron al hotel para ordenar una habitación. Cómo escena repetida, Lorem ordenó una habitación, con dos camas separadas, entraron y bajaron para pasear por el pequeño pueblo. Laure leía un pequeño folleto que le habían dado en la *Maison*:

"Ainhoa se asienta a lo largo de una sola calle jalonada por antiguas y preciosas casas que conviven en perfecta armonía. No hay ninguna construcción moderna que rompa todo su encanto".

"Dar un paseo por Ainhoa es sinónimo de tranquilidad y belleza absoluta".

"El intenso verde del valle de Xareta contrasta con las preciosas casas que están perfectamente alineadas a ambos lados de la calle. Las más destacadas son las llamadas Grachicotena y Gorritia".

"Las fachadas de las casas más antiguas exhiben inscripciones que sus propietarios originales ordenaron grabar. Algunas de ellas indican el año en que fue construida, aunque la más sorprendente hace referencia al origen del capital con la que fue adquirida".

"Esta se halla sobre el dintel de la Casa Gorritia y completa su texto transmitiendo una curiosa costumbre según la cual la primera generación de herederos de una casa no podía deshacerse de ella salvo en el caso de una necesidad extrema".

- ¡bueno! Parece ser un pueblito muy interesante.
-Es algo pequeño. Dijo Lorem.
-bueno consigamos un lugar donde comer, muero de hambre. Completó.

Luego de comer caminaron por el pueblo para conocerlo y entraron a la catedral *Notre Dame*, que lleva el mismo nombre que la de París.

La iglesia estaba completamente vacía, sólo se escuchaba el eco del caminar de ambos en ella, casi a oscuras por la poca entrada de luz. Era un recinto magnífico, también vestida de blanco como las casas y con balcones colgados en las inmensas paredes laterales, ninguno de los dos eran personas religiosas, pero se sentían inmersos en medio de una paz inexplicable, tomados de la mano desfilaron en silencio por la iglesia y retirándose el único gesto que no habían perdido ambos, lo hicieron como tributo al momento que presenciaban, la señal de la cruz.

-gracias. -Dijo Laure-.
-gracias a ti por venir. -respondió Lorem.
-quiero que sepas que no sé en qué va a terminar todo esto, pero me siento diferente contigo, siento que este viaje lo necesitaba desde hace mucho.
-no importa cómo termine este viaje, tengo la sensación de que no será el final. -dijo Lorem rodeándola con sus brazos sacó la pequeña cámara instantánea y tomó un lindo selfie con la hermosa iglesia a sus espaldas.
-vamos a hacer que este pueblito sea un lindo recuerdo para los dos. -dijo Laure.
-interesante ¿qué propones? Respondió Lorem con mucha curiosidad en su rostro.
-quiero que me veas desnuda por primera vez en este pueblo.
- ¿en serio quieres eso? Preguntó Lorem sorprendido.
-si.
- ¡vaya! Sólo espero que no sea aquí en la calle. Respondió riéndose Lorem.
- ¿te da miedo? Es un pueblo vacío, mejoraste mi idea.
- ¡no, no, no, no! Es una locura.
- ¿lo dice el tipo que paga 744 horas sin intenciones de tener sexo?
-bueno tengo un tipo distinto de locura.
-pues yo también. Dijo Laure acercándose para darle un beso en la mejilla.

Tomados de la mano caminaron por la calle y entraron a un pequeño bar, pidieron cervezas y decidieron pasar toda la tarde para seguir llenando el cuaderno de notas de Laure.

-sigamos con las preguntas.
-de acuerdo, te escucho.
-dijiste que eras soltero, bueno, te creo.
-no mentía.
-bueno, quisiera saber si alguna vez has tenido alguna relación sólida con alguien.
-mi relación con mis padres es muy buena. Respondió Lorem en su ya acostumbrado tono sarcástico.
-pero que tonto, es en serio. Ósea con alguna mujer, no te hagas el tonto.
-a ver, si hubo alguien. Muy importante, recién me gradué y empecé a trabajar en la empresa de mis padres conocí a una chica llamada Joana Alcacer, yo estaba a cargo del área de administración de personal, evaluaba nuevos empleados y eso.
- ¿Y qué más ocurrió con Joana?
-no pensé que te causara curiosidad saber eso.
-si más no recuerdo en *Saint Jean de Lux*, dijiste que en Francia lo único que haríamos sería conocernos y conocer el país.

-sí, si dije eso.

-bueno. ¿y?
-bueno, sucedió que se había postulado para una de las vacantes de la empresa, con otras tres chicas más, evalué los historiales de empleos anteriores, habilidades, todo aquello y decidí entrevistarlas a las cuatro porque tenían similar experiencia.
-En las entrevistas personales las otras tres repetían exactamente las mismas respuestas a todo lo que les preguntaba.
-cuando entrevisté a Joana vi en ella una chispa que necesitaba la empresa, te podría jurar que en ese momento no tenía la más remota intención de tener algo con ella, sólo era otra compañera de trabajo más.
-le di la vacante disponible en el área de Marketing ya que nuestro anterior empleado había decidido renunciar por diferencias con mi madre. Quien se aburría de todos por ser carentes de ideas innovadoras.
-Joana llegó con todo el entusiasmo del mundo para ayudar a hacer crecer la empresa. Nuestra empresa gestiona todo tipo de envíos, encomiendas, en el país. Ella nos ayudó a lograr que todas las personas tuvieran acceso a nuestros servicios gracias a una aplicación.
-vaya, al parecer la chica en serio era buen partido. Comentó Laure sin hacer bromas.
-lo era, pero en esos dos primeros años sólo fuimos compañeros, nuestros encuentros eran completamente de trabajo, yo proponía una idea, y ella transformaba mi idea, en una súper idea aún más brillante.
-era la mejor en convertir algo maravilloso, en algo completamente extraordinario, porque lo hacía con una pasión que le he visto a muy pocos.
-en el tercer año, un día muy bueno para la empresa fui a su oficina personalmente a felicitarle por su trabajo, y cuando entré la vi sorprendida limpiando sus ojos llenos de lágrimas, por supuesto me acerqué a preguntarle qué le sucedía.
-ese día me contó que su vida estaba patas arriba, había ido al médico semanas antes, por unos exámenes que se venía realizando, porque sospechaba de unos pequeños bultos que estaban formando en uno de sus senos.

-ese día su médico le había confirmado que padecía de cáncer. Y yo fui el primero a quien le contó algo tan importante, habían pasado dos años en la empresa y no me había tomado la molestia de saber sobre su vida, ni sobre la vida de ninguno de los empleados.
-habían transcurrido dos años y yo no sabía que su padre había sido asesinado en un viaje que había hecho a América Latina. Que no tenía hermanos, que su madre había fallecido dos meses antes de empezar a trabajar con nosotros, del mismo mal que le acababan de diagnosticar a ella.

-me sentí una mierda, vivía una vida sin frenos, disfrutando de niñas tontas, gastando el dinero de nuestra empresa en fiestas en alguno de mis lujosos apartamentos, autos de lujo, viajes a todo el mundo, gracias a esos empleados que yo no me interesaba por conocer, sin saber el montón de problemas que tenían.
-me sentí la peor basura del mundo, me senté a su lado, la abracé y lloré con ella, no es justo que una chica tan joven deba pasar por algo así, bueno, nadie, le dije que a partir de ese día yo me haría cargo de todo lo que necesitara, que la acompañaría a sus tratamientos y todo lo que tuviera que hacer.
-ese día me convertí en otra persona Laure.
-lo comprendo perfectamente.
-La terapia inicial para la enfermedad en su estadio temprano fue dirigida principalmente a eliminar cualquier tumor visible. Por lo tanto, los médicos le hicieron una cirugía para extirpar el tumor.
-le quitaron uno de sus senos, inevitablemente empezó a caer en depresión, se sentía una aberración, decidí pedirle que viviera conmigo, quería levantarle el ánimo, y funcionó bastante bien, comenzó a mejorar en todos los aspectos, tres meses después volvió a la empresa a trabajar, seguimos viviendo juntos, me acostumbré a desayunar con ella, a ver la tele con ella, a contarle todo sobre la empresa, las buenas noticias, las malas, todo, inevitablemente me enamoré de ella y de lo fuerte que fue para superar algo así.

-una noche llegué a casa con un ramo de flores y con toda la valentía del mundo le pedí que aceptara ser mi novia. Ella riéndose me dijo que prácticamente ya era mi esposa, pero aquel día con besos y haciendo el amor completamos lo que faltaba para que lo fuéramos realmente.
-En la empresa dimos la noticia en una íntima reunión y todos se alegraron exigiendo una boda, pero ella y yo no queríamos eso, las cosas se habían dado de una forma tal, que no era necesario agregar nada más.
-viajamos juntos a muchos países, pasábamos navidad con mis padres en su casa en Sevilla, éramos una pareja normal, así vivimos durante dos años.
-hasta que, en uno de sus controles médicos semestrales, encontraron algo raro nuevamente en su cuerpo...

-(silencio).

-No sigas Lorem, no debí preguntar nada. Dijo Laure tomándolo de las manos.
-no te preocupes, a mí también me alivia hablar de esto.
-El siguiente paso en el control y tratamiento de la enfermedad en su estadio temprano es reducir el riesgo de recurrencia de la enfermedad y eliminar las células cancerosas que pudieran quedar. Íbamos constantemente a sus quimioterapias y al parecer todo iba bien hasta ese día.
-ese día el doctor descubrió que había un nuevo tumor, esta vez en su cabeza...

Recordar aquello a Lorem le destrozaba su corazón, pero sentía que era necesario contarle a Laure todo. Con ella no era necesario tener secretos.

-hablamos mucho luego del diagnóstico, y esta vez tomó una decisión que yo como un tonto sentí que era egoísta. Ella decidió no operarse esta vez, decía que era algo de lo que no podía huir, y que no pretendía que yo cuidara de una lechuga después de esa operación.

-le insistí que no importaba, que la amaba, que era lo más valioso de mi vida, me había transformado en una excelente persona gracias a ella, y ahora era ella quien no quería seguir adelante.
-y por mucho que me doliera me tocó respetar su decisión.
-soportamos juntos cuando los síntomas se volvieron fuertes.
-Dolores de cabeza que gradualmente se vuelven más frecuentes y más intensos, náuseas o vómitos inexplicables, problemas de la visión, pérdida gradual de la sensibilidad, problemas de equilibrio, dificultades del habla, confusión en asuntos diarios, cambios en su personalidad, convulsiones...
-no sigas por favor Lorem.
-me los sé de memoria, yo estuve allí con ella Laure, soportamos todo, durante ocho meses. Hasta que una mañana mirando el techo dejó de respirar. Terminó de decir Lorem lleno de Lágrimas-.
-tú estuviste con ella hasta el final Lorem, eso es algo de admirar y ella donde quiera que esté seguramente debe estar feliz por eso.
-no merecía eso Laure.
-nadie merece eso, nadie.
-tranquilo, si quieres nos vamos al hotel, vamos, necesitas descansar ya has bebido mucho.

Caminando abrazados, ya entrada la noche recorrieron la única calle hasta el hotel, él triste, recordando a su único amor que ahora reside en el cielo. Ella aún más sorprendida de seguir conociendo a Lorem.

CAPÍTULO V

Día 4

Al día siguiente despertó Lorem con una jaqueca terrible, hacía ya varios años que no bebía tanto y el licor dulce siempre suele dejar un dolor de cabeza que te acompaña todo el día. Despertó en su cama en la *Maisson Occopa* y notó que Laure no estaba, junto a la lámpara esta vez, era ella quien había dejado una nota.

"Buenos días guapo, he dejado en la mesa un vaso, una botella de agua mineral y unas pastillas para la migraña, tómate una, espero que te alivie pronto, fui a sacar algunas fotos al pueblo, también te dejé el desayuno, come bien, regreso a las 10:00 am". Att: Laure

Leyó la nota y empezó a hacer memoria acerca de lo que había sucedido en la noche, recordaba que conversaron mucho y que le había contado su historia con su amada Joana, se sentía raro, tenía mucho tiempo sin dejarse llevar por la bebida, y era un tema que no le gustaba tocar con nadie, pero Laure no era "nadie".

Se duchó, desayunó y se tomó las pastillas para el dolor de cabeza, ya completamente despierto y pensando con cabeza fría, se sonrió para sí mismo, dándose cuenta que se sentía mejor, no sólo porque el dolor se disipaba, sino también porque sentía que liberaba de sus adentros aquella historia de dolor, se sentía en transición, dejando atrás el sufrimiento que le había causado la mayor pérdida que había tenido en su vida, la muerte un gran amor.

Joana desde el cielo quizás compartía aquella sonrisa, porque la felicidad de alguien que amas debe hacerte feliz también a ti. Y él merecía ser feliz el tiempo que le quedara en este mundo.

Lorem sabía que estaba recorriendo por un camino que seguramente tenía una sola dirección, donde el retorno no era una posibilidad, eso él lo sabía y no sentía miedo, la experiencia que tuvo con Joana lo convirtió en un hombre valiente, capaz de avanzar hasta el último centímetro del camino sin importar cual fuese el resultado al llegar a la meta.

Laure llegó a la habitación del hotel exactamente a las 10:00 am. Dicen que cuando pasas mucho tiempo a solas con una persona, involuntariamente comienzas a comportarte como el otro. Sabía que él estaría despierto, que ya habría desayunado y que la estaba esperando.

-hola.
-hola, perdona lo de anoche, normalmente tengo el control cuando bebo...
-no importa. -dijo ella interrumpiendo-.
-fue lindo que me contaras tu historia con Joana, no entiendo como una persona como tú, tan buena, que ha pasado por cosas tan difíciles como esa, se toma la molestia de traer a un viaje de un mes a una persona como yo.
-En el mundo sólo hay personas.
-soy una persona diferente Lorem.
-yo también.
-mira, te traje un té caliente, esto te quitará la resaca. -dijo ella para cambiar el tema.
-gracias y ¿qué tal el pueblo, si hiciste las fotos?
-claro hice algunas. Respondió ella mientras las colocaba sobre la cama para enseñárselas.
-también compré algunos chocolates oscuros para mí y otras golosinas, me gusta mucho lo dulce.
-vaya, algo más que sé de ti, gracias por el dato. Dijo él con una sonrisa.
-también compré más papel de fotos para la cámara.

-vale, perfecto, lo usaremos todo en este viaje.

-te quería preguntar algo.
- ¿quieres continuar con las preguntas? Vale, dime.
- ¿En este viaje en serio no piensas hacerme el amor?
-no
- ¿te doy asco por mi trabajo verdad?
-no es eso, te traje conmigo por otra razón.
-no te entiendo, siento que sólo es una excusa.
-no es una excusa y no me das asco, de hecho, pienso que eres una mujer hermosa.
-Entonces dime la razón.
-te prometo que antes de terminar el viaje la sabrás.
- ¿sabes que he aprendido de los hombres?
-dime.
-Ninguno se resiste ante una mujer desnuda.
-quizás no todos. -respondió Lorem con rotunda seguridad.
- ¿si? ¿Y qué pasa si me desnudo aquí ahora? -dijo ella sacándose el abrigo con vehemencia.
- ¿qué haces?
-me saco la ropa ¿no ves? Respondió mientras se quitaba la bufanda y la camisa.
-no necesitas hacer eso.
-si lo necesito. -dijo quitándose los pantalones.
-lo necesito porque te demostraré, que la única forma de vencer la tentación es caer en ella.
- ¿y qué tentación tienes tú?
-tú. Respondió lanzando el brasier al piso y montándose en la cama de Lorem.
- ¿me estás viendo? Dijo ella empujándolo para que se recostara al espaldar de la cama.
-si claro que te veo.

Encima de la cama se paró encima de él y se sacó el panty, completamente desnuda y con el cabello suelto se sentó en su abdomen y le acariciaba la cabeza.

- ¿me ves Lorem? Tú eres una tentación para mí, y eso nunca me había pasado antes, me gustas Lorem, me gustas porque eres diferente, porque odio a las personas normales. No quiero que me respetes, quiero que me hagas el amor.

Lorem sentía el sexo mojado de ella sobre su abdomen, ella empujaba su cabeza hacia sus pequeños senos para que él los lamiera, la adrenalina se había apoderado de aquella habitación de la *Maisson Occopa*, en la tomó de las piernas y hacía que rosara su abdomen al sexo de ella, en una fricción que la desesperaba.

-hazme el amor Lorem.
-eres hermosa Laure.
-si soy hermosa hazme el amor.
-no necesito hacerte el amor para hacerte sentir hermosa.
-eres único Lorem.
-tú también. Respondió él mientras la sujetaba de la espalda y le daba un apasionado y desenfrenado beso.

La escena fue la misma por unos minutos, ella disfrutó por primera vez en un acto sexual, donde el hombre no era el protagonista, sino ella, que viajaba a un éxtasis celestial que sólo se siente con la persona indicada.

Lorem se levantó y la acostó boca arriba, ella abrió las piernas y cerró los ojos, mientras él con la lengua jugaba en su sexo. Besos y lamidos, apretaba sus pequeños senos, ella se movía agitadamente, hasta que llegó al éxtasis con un orgasmo que nunca antes había sentido. Agotada, se desvaneció en la cama y Lorem junto a ella en un cariñoso abrazo.

-gracias. Dijo ella acurrucada en él.
-lo necesitabas. Respondió Lorem acariciando su cabello rojo.
- ¿hoy puedo dormir contigo?
-si es lo que quieres así será, pero no te prometo que ocurra nada, como ves soy un hombre difícil. Respondió sonriendo él.
-dormir contigo me bastará, siento que cerca de ti estoy a salvo.

CAPÍTULO VI

Día 5 Lourdes

El quinto día llegamos a Lourdes, luego de casi tres horas conduciendo en el coche. Encantados de ese hermoso mundo que nos regalaban las montañas de los pirineos. Era la primera ciudad grande que visitábamos en Francia. ¿quién no ha escuchado antes hablar de esta ciudad o mejor dicho de la virgen de esta ciudad? Al menos yo sin ser francesa o española si había escuchado muchas veces sus historias. También había leído en muchos libros historias de esta encantadora ciudad. Estaba emocionada, luego del día anterior estaba empezando a comprender un poco el sentido que estaba tomando este viaje y me hacía feliz.

Lorem conducía el coche, llevaba puesta una camisa a cuadros de color gris y un abrigo negro. Llevaba unos jeans bastante casuales y una bufanda negra, el frío era bastante abrumador. Yo llevaba jeans azules, un blusón largo hasta la mitad de las piernas, uno de los tres abrigos que me había dado Lorem también, llevaba ese día el de color negro. Llevaba el cabello suelto y también una bufanda negra en el cuello.

Dicen que cuando logras recordar momentos a ese nivel de detalle, es porque esos momentos te hicieron o muy feliz, o muy triste, por supuesto en aquel momento me sentía feliz, aun intentando descifrar qué sucedería al terminar aquel viaje, pero sin duda me sentía feliz.

Le pedí a Lorem que fuéramos al Santuario de la virgen y el sin pensarlo dos veces encaminó el auto hacia el lugar. Visitar el Santuario de Nuestra Señora de Lourdes fue algo que desde pequeña imaginé que haría porque la imagen que había en el patio del Colegio era la de la Virgen de Lourdes y conocía su historia. Cuando llegamos nos empeñamos en encontrar un lugar para estacionar, cosa un poco difícil por la cantidad de gente que había. Cuando íbamos caminando por los jardines hacia la basílica me asombró la cantidad de gente joven, muy joven.

Visitamos gran parte de la Basílica y escuchamos la misa. Como estaba prohibido sacar fotos en la mayoría de los lugares que visitamos, bajamos las escaleras en total silencio, al igual que otros cientos de personas que, como nosotros, se dirigían a la gruta formando una larga y respetuosa fila. Al ingresar a la Gruta pudimos ver el lugar donde se realizó la curación milagrosa de una niña dada por muerta, cuya caída de agua se podía ver cubierta con un vidrio, acordonada, llena de flores y donaciones de todo tipo.

Seguimos andando y llegamos a un lugar donde la piedra exudaba agua que fuimos tocando levemente hasta un sitio donde aparecía un pequeño chorrito, mojé mis manos, me persigne, toqué mi cabeza y mi cuello, Lorem hizo lo mismo, me llore todo y pedí por todo, los míos y los otros. Una cantidad de sentimientos y sensaciones imposible de describir con palabras. Aquella virgen señora de los enfermos había formado parte de mi infancia y tantos años después volvía a ser parte de mi vida. Sabía que estos años había estado enferma y necesitaba curarme, necesitaba pedirle que me curara.

No hay nada más doloroso que estar enfermo del corazón, y allí en aquel lugar llena de lágrimas sentí como mis penas eran retiradas de mis entrañas.

Lorem me tomó entre sus brazos y me repetía una y otra vez al oído: -todo está bien, todo está bien, aquí estoy.
Me sentía perdonada, liberada de todos los pecados que me había atrevido y obligado a cometer con mi cuerpo durante cuatro años. Me sentía entendida y protegida en los brazos de ese hombre que me había enviado el destino, sin juzgarme. Me sentía en un renacer, viendo morir a mi pasado para ver nacer la nueva persona que siempre había estado dentro de mí. Era ilógico pensar cómo en tan sólo cinco días mi vida había dado un giro de trescientos sesenta grados.

Seis días antes era una prostituta, ahora era una chica que caminaba por la playa, que viajaba entre las montañas y visitaba santuarios tomada de la mano con un extraño que no parecía un extraño. Me preguntaba a mí misma cómo en cuatro años no había sido capaz de hacer nada para salir de ese mundo que estaba destruyéndome por dentro. Entonces pensé que hay quienes rescatan, y hay quienes necesitan ser rescatados. Como la pequeña Bernadette había sido rescatada de la muerte, yo había sido rescatada de otro tipo de muerte también. Pensaba también en Lorem, en la razón de haberme contratado sólo para rescatar mi vida. Él tenía cosas que no me había dicho, pero eso no me molestaba. Ya me había prometido que antes de acabar el viaje me lo diría. También aquel día me juré delante de la imagen de Nuestra Señora de Lourdes. Que sí después de que terminara el viaje, volviera a ver a Lorem o no. No volvería a vender mi cuerpo a cambio de dinero.

Caminamos hasta el lugar donde habíamos dejado el auto y Lorem comentó que buscáramos un hotel para hospedarnos, y que pasaremos dos días más en Lourdes. Me sentí feliz, diciéndole que estaba de acuerdo. Lorem sacó la cámara instantánea de la guantera del auto y le hicimos una foto a la hermosa basílica a nuestras espaldas.

CAPÍTULO VII

Día 9 Saint Savin

Llegamos a Saint Savin un jueves por la tarde, estaba entusiasmada de querer caminar por las calles donde se ambientaba la historia de mi libro favorito. Paulo Coelho contaba aquella historia de amor y de entrega que había tocado todas las fibras de mi cuerpo, con el furor de un amor verdadero. Lorem estaba feliz aquella tarde, mientras llegábamos al pueblo él conducía el coche mirando con asombro el paisaje que nos regalaba la vista. Yo observaba las fotos instantáneas que ya casi llegaban al centenar y veía en cada una de ellas un pequeño recuerdo. Recuerdos que en tan poco tiempo le habían dado un nuevo sentido a mi vida.

Como si se tratase del viejo álbum de fotos que colecciona los mejores momentos de tu existencia. Sentía que Lorem y yo nos conocíamos desde siempre y que ese era un viaje más, de tantos que habíamos hecho antes.

Entramos al pequeño pueblo y empecé a tener una sensación de tristeza inexplicable. Era como entrar al valle de mis sueños y en vez de sentirme feliz me sentía triste. De pronto vino a mi mente una frase que leí en un libro. "Está bien sentirte perdido, mientras te estás buscando". Era cierto, al igual que está bien sentirse con tristeza, luego de ella sólo puede florecer la alegría. Y realmente en cuatro años perdida, ni siquiera había tenido tiempo para sentirme triste. Me había convertido en un cuerpo andante sin sentir frío ni calor, sin alegría y sin tristeza y sin eso no se puede vivir realmente.

Lorem notó que me sentía muy triste, sin embargo, decidió apoyarme con su silencio. Y sin hablar sentía que me entendía y que estaba allí para continuar rescatando mi verdadero yo.

-gracias. -le dije rompiendo con el silencio-.
-Estoy aquí para ti. Respondió Lorem con una mirada llena de honestidad absoluta.
-hay muchas cosas que aun no comprendo. Dije secándome las lágrimas.
-La vida me ha enseñado, que hay cosas que no es necesario comprender.
- ¿te hubiese gustado venir aquí con Joana? -le dije mientras nos acercábamos a la fuente del libro.
-me gusta que haya venido hasta aquí contigo Laure.
- ¿lo dices en serio?
-pienso que no es necesario imaginar cosas que simplemente no pueden suceder. Con ella fui al cielo estando en la tierra. No me gustaría cambiar nada de lo que viví con ella.
-lo que estamos viviendo nosotros es una historia que nos pertenece sólo a nosotros y me siento feliz por eso.

Sin saber que decir, solamente lo miré obsequiando una sonrisa que salía de mi alma, como el mayor agradecimiento a aquellas palabras.

-en verdad es una fuente hermosa. Dijo Lorem sentándose en el borde del estanque.
-nunca pensé que estaría en este lugar. Respondí sentándome a su lado.
-nunca digas nunca. -dijo Lorem y se levantó con la cámara para hacerme una instantánea sentada en la fuente.

Fuimos hasta el hotel *Le Viscos* para hospedarnos, Lorem decidió que nos quedaríamos una semana completa en Saint Savin y a mí me encantaba la idea, así tendría tiempo para conocer bien el pueblo. El hotel estaba situado en la misma calle donde se encontraba la fuente, era al estilo de las viejas posadas con sólo dos plantas y una gran sala restaurante. En invierno no es muy transcurrido el pueblo, pero no me quedan dudas que visitarlo en cualquier época del año será una maravilla.
Ordenamos la habitación aquella tarde, dejamos el equipaje y bajamos a la hermosa sala para cenar. Sin duda el mejor servicio era la comida, atendidos por el Chef que nos ofreció cumplir nuestros deseos así no estuviese en su menú.

Aquella noche Lorem ordenó un *Croque Monsiur* y yo una ensalada *Nicoise*. El comentaba lo acogedor que lucía el pueblo, el hotel, las personas. Y era cierto, era como estar en un ambiente familiar.
Lorem ordenó un vino y el Chef nos recomendó un *Montus Château* y las dos copas. Nos sirvió y Lorem le pidió que dejase la botella en la mesa. Noté que estaba dispuesto a beber esa noche y eso me agradó, porque yo también quería.

-hoy brindaremos por haber venido a conocer el pueblo de tu libro favorito. -dijo acercándome su copa.
-yo brindaré por haber venido contigo. -le respondí-.

El personal del hotel colocó música clásica a un volumen muy acorde, que nos permitía disfrutar del vino y de sus melodías tranquilamente sin molestar a las otras tres mesas que ocupaban aquella noche la sala. Era un ambiente cálido, estábamos disfrutando aquella conversación y sin darnos cuenta las otras tres mesas también bebían vino. Y de vez en cuando alguno levantaba su copa para brindar por el fabuloso servicio del hotel.

Unas dos horas después todos los huéspedes estábamos sentados alrededor de la misma mesa, hablando de temas triviales de la vida y cosas cotidianas. Parecíamos cualquier grupo de amigos en una noche de copas. Esa noche descubrí la facilidad que tenía Lorem para hacer amigos. El comentaba sobre su negocio de encomiendas en España y dos de los presentes en la mesa prometían hacerse clientes cuando necesitaran una encomienda. Me sentía feliz, sin pensarlo lucíamos como una pareja normal que disfrutaba beber vino y conversar con nuevos amigos sin necesidad de presentarnos como tales. Luego de la simpática noche a eso de la 1:00 am nos despedimos y nos fuimos a nuestra habitación. Cuando entramos a la habitación me di cuenta que esta vez Lorem había ordenado una sola cama matrimonial y sorprendida sin decir palabras le regalé una sonrisa y un beso. Algo embriagados por tanto vino sólo nos quitamos los zapatos torpemente y nos acostamos abrazados hasta quedarnos dormidos.

El Código Rosa

CAPÍTULO VIII

Día 10 El Motivo del Viaje

Mi madre conoció a Lady Blue hace muchos años, era parte de su grupo de amistades. Tres veces al año viajaba a Francia a visitar una fundación que ella había iniciado para educar y proteger a niñas huérfanas.

Preparándose para que lograran tener un futuro enseñándoles varios idiomas. Tenía contactos en distintos países de Europa con quienes lograba asegurarles el futuro trabajando en alguna empresa. Mi madre era su contacto en España. Alguna de esas chicas formó parte de nuestra empresa como traductora en alguna negociación internacional. Supongo que los demás contactos en los otros países eran similares, empresarios, gente que podría brindar oportunidades.

Hace cinco años mi madre decidió mudarse a los Estados Unidos junto a mi padre. Quedándome yo a cargo de la empresa. Al no estar mi madre en España, Lady Blue tuvo que conseguir un nuevo contacto. Lamentablemente éste, terminó siendo "el vasco". Con quien tú terminaste encontrándote al llegar a Madrid, el resto de la historia ya tú te la sabes mejor que yo.

Hace un mes y medio mi madre me llamó para pedirme un favor. Bueno el favor era para Lady Blue. Ella quería saber sobre una exalumna con la que había perdido contacto desde hace tres años. Por supuesto a mi madre nunca puedo decirle que no. Y desde la pérdida de Joana, mi vida se había convertido en una absoluta rutina.

En mi negocio, como en el de cualquier empresario, la clave está en tener contactos de todo tipo. Me dieron el nombre de una empresa dedicada al asesoramiento de extranjeros en el país. Intérpretes, guías turísticos y todo ese rollo.

No me había parecido nada extraño y pensaba que al preguntar por tu nombre simplemente me darían tu numero o la dirección de alguna oficina. Sin embargo, para mi sorpresa, dicha empresa ya no operaba desde hace tres años y ahora el sitio era ocupado por una empresa de contabilidad.

Llamé a mi madre para hacerle saber la información que había logrado obtener. Ella muy triste y preocupada me pidió que yo fuese personalmente a Bucarest en Rumania que es donde actualmente vive Lady Blue.

Cuando hablé con ella tenía la sensación de que hablaba de ti como si se tratase de su propia hija. Era la primera vez que una de sus exalumnas parecía haberse desaparecido de la faz de la tierra. Y su preocupación era cierta.

Me dio una foto tuya de cuando formabas parte de su academia y me encargó la tarea de encontrarte. Volví a Madrid con el sentimiento de que debía hacerlo. Si Joana estuviera con vida, seguramente me habría dicho, que imaginara que era a ella a quien tenía que encontrar.

Le comenté el problema a dos de mis mejores amigos y uno de ellos insistió en que seguramente habías sido raptada por una de las tantas redes de prostitución que existen en Europa o en Asia. Decidí no acudir a las autoridades, porque todos sabemos la corrupción de los sistemas políticos.

Durante 13 días yo mismo visité anuncio por anuncio, las páginas que ofrecían servicios sexuales en la ciudad, hasta que te encontré...Laura.

Planifiqué este viaje fuera de España por tu libertad. Todo lo que me dijo Lady Blue sobre ti, lo he confirmado estos días que he estado contigo. Eres una mujer grandiosa, sensible y con un potencial para lograr lo que sea. Pero depende de ti. Si deseas regresar a ese mundo al que no perteneces.

O si quieres rescatar a la antigua Laura. Esa que vi bañarse en la playa en invierno, esa con la que visité el templo de Lourdes, esa que lloró al sentarse en la fuente de la que hablaba su libro favorito. Esa Laura de la que yo...

Sin querer me enamoré. Att: Lorem

-Lorem...

Me quedé pasmada sentada en la cama del hotel *Le Viscos* aquella mañana que leí esa nota que había dejado Lorem sobre la mesa de noche. Desde el principio sabía el rumbo que estaba teniendo el viaje, pero algo de esas proporciones nunca pasó por mi cabeza. ¿La señorita Lady Blue aún pensaba en mí? Empecé a hacerme un millón de preguntas en mi cabeza. Y era una locura que eso estuviera ocurriendo de verdad. Estaba siendo rescatada de un agujero negro justo cuando pensaba que mi vida había perdido sentido.

Lloré desesperadamente cuando leí mi verdadero nombre escrito en ese papel. Hacía tres años que ni yo misma lo pronunciaba. Y era como oír el sonido de la voz de mis padres cuando era niña. Me sentí rescatada, me sentí de vuelta al mundo al que de verdad pertenezco. Al mundo de las personas que tienen sueños y luchan por cumplirlos.

"¡Laura! ¡Laura! La cena está lista".

"Laura hoy iremos a caminar al parque".

"Laura, tu padre te trajo chocolates".

" ¡Laura! ¡Laura! El fin de semana iremos al cine".

Las voces sonaban en mi cabeza diciéndome que todo estaba mejorando y que no sintiera más nunca miedo. Lorem había convertido mis días vacíos y repetitivos en días de sueños y esperanza. En aquellos días que soñaba cuando tenía nueve años. Repletos de aventuras y experiencias inolvidables. Me miré al espejo y por primera vez en mucho tiempo no sentí asco por mí misma. La prostituta en el reflejo se había ido y ahora sólo observaba a Laura diciéndome que la tormenta por fin había terminado.

Que me esperaban muchos días despejados y con un sol radiante para quemar las heridas que no me permitían tener la voluntad de rescatarme a mí misma.

-gracias Lorem.

El Código Rosa

CAPÍTULO IX

Día 10

    Lorem estaba sentado en la barra del bar del restaurante cuando bajé de la habitación. Volteó a mirarme y desde lejos sonreía como si se encontrara feliz de haberme dejado aquella nota.

-hola Lorem.
-hola Laura.
-creo que necesitamos hablar. -le dije en un tono bastante serio-.
-vamos a caminar, así conocemos el pueblo. -Dijo él levantándose de la barra-.
-me parece bien.

Salimos del hotel en el coche para visitar el casco antiguo donde había una iglesia medieval y un viejo puente de piedra.

    Cuando llegamos al hermoso lugar entendí que la mística fuente no era lo único que le daba esa magia al pueblo. La iglesia era espectacular y el puente majestuoso. Dejamos el auto estacionado cerca de la abadía y conversamos caminando sobre el puente de piedra. Nos rodeaba un aura que no puedo explicar, el día estaba espléndido. Las verdes montañas repletas de pinos rodeaban todo. El río bajo nosotros nos regalaba una melodía de la naturaleza tranquila y serena. Era como si estuviese en un sueño.

-yo odiaba a Lady Blue porque pensaba que lo que me había sucedido había sido planificado por ella. Y esta mañana cuando leí tu carta estallé en lágrimas al darme cuenta de lo equivocada que estaba y que ella aún pensaba en mí.
-yo también la hubiese odiado estando en tus zapatos. Tu no sabías que te iba a pasar eso, pero ella tampoco.

-ella sólo quería un buen futuro para mí. Después de todo era cierto el código rosa.
- ¿qué es el código rosa?
-es una promesa.
- ¿una promesa?
-sí, es una promesa que hacemos todas las chicas que vamos a la academia, en donde dice que, si le ocurría algo inesperado a alguna de nosotras y perdíamos el contacto, no descansaremos hasta encontrarla.
-eso nos lo enseñó Lady Blue en la academia como símbolo de nuestra amistad.
-ella siempre decía que, si algo le sucedía a alguna, cerraría la academia y se encargaría de buscarla.
-te encontró Laura.
-me encontraste tú Lorem.
-si no hubiese aceptado ir a ver a Lady Blue y no hubiese aceptado buscarte, yo no estaría aquí contigo.
-pero aquí estás y no encuentro la forma de decirte gracias.
-no es necesario, sentí que debía encontrarte.
-gracias por encontrarme. -le dije abrazándolo y rompiendo en lágrimas.
-sólo han pasado 10 de los 31 días.
-dijiste que me contarías el motivo del viaje al finalizarlo.
-lo siento, en realidad debí contarte todo en cuanto llegamos a Francia, pero sentí que necesitas despejar tu mente viajando.
-sí, me han sucedido muchas cosas desde que estoy contigo, y no es el viaje Lorem, eres tú. No sólo me has rescatado físicamente, siento que rescataste mi corazón y mi verdadero yo.
-yo también he aprendido muchas cosas desde que estoy contigo. Y lo que escribí al final de la carta es verdad.
-tú también me gustas mucho Lorem y no hay nada mejor que tenerte cerca. Pero todo esto aún me tiene muy sorprendida, todo parece tan irreal. Han sido muchas cosas en muy poco tiempo.
-lo sé y comprendo que te llevará un tiempo asimilarlo todo y recuperar tu vida.

-y sí, estoy enamorado de ti y simplemente el que lo sepas me hace sentir satisfecho. -me dijo acariciándome el rostro con su mano-.
-cuando decidas comenzar una nueva vida y si llego a estar en tus planes, búscame que estaré esperándote.
-eres increíble Lorem.
-increíble fue lograr encontrarte.
-y ¿ahora qué haré? Supongo que a Madrid no puedo volver, cuando finalicen los 31 días el vasco me buscará hasta debajo de las piedras hasta que se canse y deje de buscarme.
-eso es lo que menos debería preocuparte. ¿cuantos idiomas sabes hablar?
-sé hablar ocho idiomas por eso era la favorita de Lady Blue.
- ¿y te preocupa que harás con tu vida sabiendo hablar ocho idiomas? -dijo él sonriendo.
-creo que lo primero que haré será ir a ver a Lady Blue a donde vive para agradecerle lo que hizo por mí.
- ¿Lo ves? Ya tienes un plan.
-vamos a la abadía. -me dijo tomándome de la mano.
-vamos.

CAPÍTULO X

Día 17 Lady Blue

Llegamos a *Bucarest* una semana después de que Lorem me confesara la verdad de haberme contratado, durante esa semana nos hicimos miles de fotos en *Saint Savin*, fue una de las mejores semanas que he vivido, terminamos de conocer todos los rincones de aquel mágico pueblo y allí, en la última noche de la estancia, hicimos el amor y jamás me sentí tan amada, era la primera vez que entregaba mi cuerpo y alma juntas a un hombre con amor, fue hermoso sentir su cuerpo sobre y dentro de mí, sin asco, y con cariño, me hizo sentir deseada de verdad y no como un simple objeto de satisfacción momentáneo.

Lorem hizo un par de llamadas, y consiguió boletos para *Bucarest*, llegamos en aquel invierno intenso, en el aeropuerto nos recogió un auto en el que recorrimos las calles cubiertas de una espesa y blanca nieve que adornaban toda la ciudad.

Llegamos a una gran casa, algo vieja pero impecable como sin duda le gustaba a ella, baje del auto junto a Lorem y allí en la puerta estaba ella esperándonos.

No logramos evitar el llanto ambas, y en un hermoso abrazo sellamos aquel esperado reencuentro.

-pensé que no volvería a ver a mi pequeña Laura.
-Aquí estoy la Srta. Blue. Gracias por enviar a Lorem a buscarme. No sé cómo explicarte, es increíble todo lo que sucedió. Pero estoy de vuelta.
-no te preocupes, tenía que hacer algo, fueron cuatro años muy difíciles sin saber nada de ti.

-perdóname por no llamar, perdóname por no escribir, me comporte muy mal, te ruego que me perdones.
-perdóname tu por todo lo que pasaste.
-eso ya quedó atrás Srta. Este hombre me devolvió la vida.
-Lorem es un gran chico.
-lo sé, me lo demostró desde que le conozco.

Luego del emotivo reencuentro, bebimos vino, y la Srta. Lady Blue ordenó hacer un banquete como bienvenida.
Aquella tarde como si fuese mi madre le contaba anécdotas de mi época de alumna a Lorem que con atención escuchaba todo lo que ella decía. Tenía dibujada una sonrisa que no podía borrar, me sentí contenta de volver a verla, a quien después de tantos años seguía considerando mi madre sustituta.

Y después de tantas sonrisas y alegría de vernos de nuevo, me dio la triste noticia de que padecía cáncer de pulmón desde hacía un año. Y que vivía en Rumania por los tratamientos de su enfermedad. La vieja academia había sido cerrada desde que perdió contacto conmigo. Lorem se fue a Madrid a resolver asuntos de su empresa y yo me quede en Bucarest unas semanas con mi antigua maestra.

SEGUNDA PARTE
TRANSFORMACIÓN

CAPÍTULO XI

Madrid, cuatro años antes.

Llegué a Madrid una tarde de abril, era la primera vez que salía de Bélgica, era mi primer trabajo oficial como intérprete, el español era uno de los mejores idiomas que se me daba desde que comencé en la academia. La Srta. Lady Blue se despidió con cariño, sabíamos que ambas nos echaríamos mucho de menos, nos habíamos convertido prácticamente en madre e hija. Me sentía como cuando los hijos se cambian de ciudad y deben dejar la casa de sus padres por irse a cumplir con sus estudios universitarios.

Tenía el entusiasmo a borbotones, aunque con la tristeza de dejarla, pude partir y llegue a la ciudad española para dar lo mejor de mí, ubique el apartamento, me instale. Recuerdo llamarla para decirle que todo estaba en orden, que el apartamento me encantaba, que al día siguiente empezaba en la empresa como intérprete y que prometía visitarla al menos una vez cada año. Esa fue la última vez que tuve contacto con aquella madre sustituta.

Al día siguiente debía presentarme a las ocho de la mañana en una pequeña oficina. Me recibió un hombre alto, de cuerpo robusto y de mirada intimidante llamado Bordat Aizkolegui. Me pregunto por el viaje, si había descansado, que cuantos idiomas manejaba, le dije que sabía hablar perfectamente ocho idiomas.

Me ofreció un vaso de agua en medio de la entrevista, lo bebí con confianza, de pronto empecé a notar que no entendía lo que me estaba diciendo, su voz se oía lejos, como con ecos, solo recuerdo ver que empezó a sonreír, me sentí mareada y me desmayé.

Cuando desperté, estaba en otro sitio, en una cama. Me habían cambiado de ropa, tenía puesta una bata de seda color rojo, estaba sin ropa interior, miré alrededor, era una casa muy lujosa, pintada en tonalidades rojas, muy oscura para ser una casa de familia, era otro sitio definitivamente. Sentí miedo, algo extraño estaba sucediendo, me habían raptado. Salte de la cama para salir de la habitación y me di cuenta que tenía una especie de pulsera de metal en el pie, con una cadena que estaba sujetada a la cama, sentí pánico, las lágrimas empezaron a caer sin cesar, no lograba gritar, empecé a respirar agitadamente, eso no me podía estar sucediendo a mí. No sabía qué hora era, no entraba la luz, las ventanas estaban cerradas había unas cortinas gruesas que no permitían la entrada de la luz, no sabía si era de día o de noche.

Después de un par de horas se abrió la puerta y apareció el hombre de la entrevista, con un cigarro en una mano y un plato con comida en la otra. Salté a la cama y me cubrí con las sábanas.

-parece que alguien no te quiere mucho. Me dijo sentándose en un sofá cerca de la cama.
-quien eres.
- ya me presenté, mi nombre es Bordat y el tuyo es Laura.
-porque me trajiste aquí, no me hagas daño por favor, le dije empezando a llorar.
-no llores, primero comerás, han pasado cinco horas desde que te traje, ya es hora de comer. Y no tengas miedo, la pasaremos muy bien.
-no me hagas daño por favor.
-el daño no te lo hice yo, te lo hizo quien te envió a España.
-La Srta. Lady Blue no me haría esto.
-come, ya no tiene caso, ahora me perteneces Laura.
-no me llames por mi nombre, no te conozco.
-come, me iré a fumar a mi ático.

Bordat dejó sobre la cama la comida y se fue. Comí desesperada porque moría de hambre. Luego un poco más calmada empecé a tocarme, me di cuenta que no habían abusado de mí, solo estaba sin ropa interior, aun así, el miedo de la situación no desaparecía.

Me sentía como un animal, atado dentro de su jaula, al que le llevan comida. Empecé a pensar acerca de lo que había dicho el hombre, sobre que alguien no me quería mucho, no entendía quien, nunca había tenido enemigos, ni enemigas en la academia. La única persona que sabía sobre mi viaje, era la Srta. Blue.

Me había vendido como un animal adiestrado, luego de aprender por años a hablar diferentes idiomas. Me había vendido como un objeto recién salido de la fábrica, preparado para ser usado.

Empecé a sentir de la nada un sentimiento de odio muy fuerte hacia ella, como pudo hacerme algo así a mí. Yo era prácticamente su hija. Sin embargo, había sido capaz.

Unas horas más tarde se abrió la puerta y apareció Bordat nuevamente. Entró en silencio y se sentó de nuevo en el sofá, tenía otro cigarro que apagó con la pared.

-me gusta tu nombre Laura. Déjame explicarte la situación. Aquí si necesitamos chicas que hablen varios idiomas, pero no para ser intérpretes.
-porque me cambiaste de ropa? eres un sucio, me viste desnuda.
-sí, yo te quite lo que tenías, y te coloque eso que tienes puesto y también te vi desnuda. Que se te haga algo normal, mis chicas siempre están desnudas para mí en mi casa.
- ¿Esta es tu casa?
-si esta es una de mis cuatro casas. Y no te preocupes, aquí no estás sola, aquí viven seis chicas más, y las sirvientas. Aquí vivirás como una reina hasta que te domestique.
-hasta que me domestiques? hablas como si yo fuese un animal, me has secuestrado, esto es un delito.
-yo te compre, eres una de mis propiedades, me perteneces y puedo hacer contigo lo que me plazca.

-no, no, no, no, nooooo que no soy un objeto que encuentres en el mercado, soy una persona, por favor dime que esto es una broma de mal gusto, no me hagas daño.
-no es una broma. -Dijo el, mientras se servía un trago
-he tenido una vida muy dura desde pequeña, esto no me puede estar pasando a mí.

Y sonriendo con el trago en la mano me dijo:
- la vida no es una simple limonada, la vida es un puto martini y bien cargado.
-esto no puede ser verdad. Respondí resignada. Era cierto, ella me había vendido a este hombre, para que él hiciera conmigo lo que quisiera.
-ahora eres una de mis chicas, no te mentiré, me agrada ser honesto, serás una de mis prostitutas.
-no...
-sé que esto es duro para ti, se ve que eres una buena chica, por eso me gustas, sé que te convertirás en mi favorita. -decía él, con una normalidad que me dejaba sin palabras. En verdad hablaba de mí, como cual mascota que se acaba de adquirir en una tienda de animales.
- ¿Qué harás conmigo?
- primero que nada, adiestrarte, sé que no me harás caso a la primera. te pediré que te duches, que te depiles todo el cuerpo, que te eches mis fragancias favoritas, porque debes oler a mi gusto. Los primeros días no querrás hacerlo, pero soy un hombre paciente.
-Me dirás que lo harás si te quito la cadena, pero no soy tonto, intentaras golpearme porque el deseo de huir te hará pensar que con tu furia serás más fuerte que yo, pero eso no sucederá. Tendré que golpearte, como cuando se golpea al perro para que no muerda.

-te haré caso... -Le dije interrumpiendo su discurso.

-no trates de engañarme, soy un zorro viejo, sé que solo tratas de controlar la situación, pero aquí el adiestrador soy yo.
-hagamos una prueba y verás que no miento.
-no te quitaré la cadena.
-no importa, solo quiero que veas que hablo en serio. -Le dije mientras apartaba la sabana que me cubría. Me levanté con la mano la bata mientras abría las piernas.

-maldita putita.

-estás viendo mi coño, esto es lo que quieres probar verdad?
-sí y será mío de todas formas.
-obsérvalo y acércate a oler su aroma, nunca nadie ha entrado allí.
-me estas tentando zorrita.
-acércate, creí que querías domarme.

El empezó a deslizarse sobre la cama hasta llevar su rostro muy cerca, sentí su respiración que poco a poco se aceleraba, inhalaba el aroma de mi sexo y con su lengua me lamio. Acto seguido le di una cachetada tan fuerte que lo tumbé de la cama.

-eres una maldita zorra. Sabía qué harías eso. -me dijo levantándose y se fue de la habitación.

Sentí cierta satisfacción al golpearlo, y al sentir su lengua en mi vagina. Nunca había dejado que nadie me tocara, aún era virgen, nunca había estado con ningún hombre, en la academia solo convivía con mujeres, nunca salí con chicos. Muchas de las chicas experimentaban relaciones sexuales entre ellas, algunas terminaban siendo lesbianas. Jugueteaban con sus dedos y se besaban, muchas veces observe como tenían sexo, de hecho, el sexo no era algo nuevo para mí, sin embargo, nunca lo había hecho.

No sentía atracción por las mujeres, siempre soñé con algún día conocer a un chico de cual me enamoraría y le entregaría mi virginidad, también sabía que seguro ese no iba a ser el único chico, porque eso solo sucede en los cuentos de hadas, que a lo mejor conocería dos más o tres, hasta que apareciera alguno que me pediría matrimonio y se convertiría en mi esposo, al último que le entregaría mi cuerpo por el resto de mis días.

Empecé a idealizar cómo sería ese momento. Bordat de todas maneras me violaría si no le hacía caso. Jamás pensé que tendría que perder mi virginidad con alguien que ni siquiera conocía, que no quería, que no me atraía físicamente. Hubiese sido mucho más satisfactorio perderla con mis ex compañeras lesbianas.

Al día siguiente cuando desperté, estaba el desayuno en la mesa, había una muda de ropa también. Bordat entró a la habitación y como siempre lo hacía se sentó en el sofá fumando.

-quiero que desayunes y que te bañes, hoy vendrá a visitarnos un buen amigo.
-quien? ¿el primero que vendrá a violarme?
-no. -el primero que te follará seré yo, pero eso no sucederá todavía.
- ¿Quién es entonces?
-como serás una de mis chicas, necesitarás proteger tu verdadera identidad, es un falsificador de documentos, te hará algunos pasaportes para cuando necesites viajar con mis clientes también te hará fotos para mi catálogo, por eso te traje esta ropa tan elegante.
-claro, creo que comprendo.
-bueno, vamos a que te duches, no querrás salir fea en las fotos.
-puedo bañarme sola, por favor quítame la cadena.
-no, ayer me golpeaste, tienes que ganar puntos, no perderlos.
-perdóname, no todos los días te secuestran. -respondí con ironía.
-levántate. -me dijo quitando la cadena de la cama, sosteniendo como si fuese a sacar a pasear a su perro.
-está bien. -le dije.

Era extraño que a pesar de que no le tenía confianza a Bordat, tampoco le tenía miedo. El día anterior me di cuenta que, si sabía tratarlo, tal vez lo pudiese dominar.

El baño era muy lujoso, al igual que la habitación, había una espléndida bañera, muchos productos de higiene, lociones, batas. Bordat se sentó en un sofá que había y se quedó observando mientras me duchaba. Pensé que ocurriría algo violento, que allí me forzaría a follar con él por primera vez, pero no lo hizo, simplemente se sentó a fumar a ver cómo me bañaba. El me observaba con tranquilidad, supongo que sabía que tarde que temprano me haría el amor, perdón... tendría sexo conmigo, porque hacer el amor, es lo que hacen solo quienes se aman de verdad mutuamente y esto era muy distinto.

Me terminé de bañar, me vestí con la ropa que él me había elegido, desayuné, me arreglé muy guapa y por fin me sacó de la habitación. Frente a la habitación había un enorme pasillo, había al menos seis habitaciones contando ambos lados. Parecía un viejo hotel en muy buen estado, al final del pasillo había una sala muy bonita. Allí estaba un joven de unos veintisiete años con una cámara en la mano, había un pequeño estudio armado. Sin duda él era el falsificador, me había imaginado a un viejo gordo, medio calvo, pero este joven parecía un estudiante universitario.

-hola ¿estas listas para empezar?
-creo que sí. le respondí con amabilidad.

Sin decir más palabras empezó a hacer su trabajo, se acercaba a mí para acomodar mi postura, me tomo unas veinte fotos, me tomo las huellas y listo. Luego me dio una hoja y me dijo que anotara ocho nombres distintos, pues me haría ocho pasaportes.

Escribí los ocho nombres y Bordat me llevó nuevamente a la habitación. El joven falsificador parecía una persona normal, sin embargo, ayudaba a hombres sin escrúpulos como Bordat a legalizar sus prostitutas. Era cómplice de este negocio, él, sin ponerme un dedo encima, tenía tanta culpa como mi secuestrador.

El Código Rosa

Los primeros días fueron iguales, recibía mis comidas en la habitación, de allí no salí en unas siete semanas. El vasco se sentaba a fumar siempre en el sofá, me llevaba todos los días una bata recién lavada, era lo único que me dejaba usar, solo usaba ropa interior los días en que tenía mi menstruación.

-Quiero que sepas que no te quiero violar, no encuentro satisfacción en cogerme a una mujer que no quiere ser follada.
-Nadie quiere follar con alguien que no conoce y que no le gusta. -le dije.
-No me interesa si no soy atractivo para ti, fácilmente te puedo echar algo en la comida para que te quedes dormida como el primer día y violarte sin que te des cuenta. Pero no quiero hacer eso contigo.
- ¿porque no lo haces y ya? Yo no tendré sexo contigo por mi propia voluntad.
-lo harás, sé que lo harás.
- ¿a cuántas mujeres has violado Bordat?
-a muchas.
- ¿no te arrepientes?
-no.
- ¡tú no tienes sentimientos!
-no. -para mí las mujeres son productos con los que hago dinero.
-te odio Bordat, te odio, ninguna mujer merece pasar por esto.
-dicen que entre el odio y el amor hay una línea muy delgada.
-como mierda puedes decir algo así, nunca nadie que maltrates y que sometas te va a amar. El amor es algo creativo, lo que tú haces es odio puro, porque destruye.
-te daré una semana más, si no aceptas entregarte a mí por tu propia voluntad, te violare y no te drogare, estarás sobria y te dolerá, gritaras, lloraras y lamentaras no haberte entregado sin poner problemas. -me respondió y se marchó como siempre.

A veces pensaba que era mejor acceder a su propuesta, permitir que tuviera sexo conmigo sin tener que violarme, después de todo igual me dolería, porque solo se pierde la virginidad una vez, seria traumático que me golpeara, que me maltratara si el final iba a ser el mismo resultado.

A veces pensaba que no debería darle el gusto y que era mejor que me violara, era igual, de todas formas, me iba a doler, los golpes sanarán y tendría el gusto de darle unos cuantos golpes a ese hijo de puta también.

Esa última semana transcurrió bastante lento y esa misma semana, conocí a las demás chicas. Algo celebraba Bordat, en la casa había una gran sala con un enorme comedor, me recordaba la sala donde comíamos las chicas en la academia, pero esta escena era diferente, cada una de las chicas estábamos vestidas solo con la bata de seda, sin ropa interior, todas atadas con su respectiva cadena a la silla. A esas alturas ya me había acostumbrado a que el me viera desnuda, las demás chicas parecían como si usaran su mejor traje, también actuaban súper acostumbradas a estar vestidas así.

La mesa estaba repleta de un exquisito banquete, había, vino, cerveza, cigarros, copas con pastillas de éxtasis y marihuana. Las sirvientas hacían su trabajo como quien atiende una familia adinerada, colocaban cosas en la mesa y se iban.

Bordat estaba vestido muy elegante, con traje. A mí me sentó justo a su lado con las demás chicas alrededor, todas parecían tener mi misma edad, todas lucían muy bien maquilladas y bien peinadas.

—Hoy quiero regalarles esta noche porque estoy feliz. —Dijo Bordat levantando la copa. A nuestra preciosa casa hace dos meses llegó esta princesa que está a mi lado. Su nombre es Laura y de ahora en adelante será mi consentida. —Las demás chicas me observaban con curiosidad sin decir una sola palabra.
—Laura preséntate. Me dijo.
—Hola, soy Laura. —Fue lo único que dije, estaba intimidada, todas las chicas le tenían un respeto inmenso a Bordat porque ni hablaban, o tenían miedo, pero el silencio era implacable en la mesa.
—Alcen su copa y denle la bienvenida a Laura.
—Bienvenida Laura. —Respondieron todas a la vez. Como si estuvieran perfectamente entrenadas.
—Pueden comer, disfruten del banquete que traje para ustedes. —Dijo él y todas empezaron a comer, yo hice lo mismo. Algunas chicas encendieron cigarrillos, bebían vino y whisky. Era una sensación extraña la que me abordaba, era como repetir escenas de la academia y mientras más cosas pasaban por mi mente, más odiaba a Lady Blue.

Luego de la cena, Bordat desató a una de las chicas, ella era rubia, delgada, de ojos verdes. La hizo sentar en sus piernas justo a mi lado. Le abrió las piernas y empezó a tocarla, ella no ponía resistencia, de hecho, lo disfrutaba, el tocaba su sexo y ella le acariciaba el cabello. Luego ella se levantó y se arrodilló ante él.

—Tienes que aprender Laura. —me dijo mientras encendía un cigarrillo.

Ella misma le abrió la cremallera y le bajó el pantalón, hasta dejar su miembro descubierto. Con sus manos empezó a estimularlo, hasta ponerlo erecto. Lo introdujo en su boca. Él lo disfrutaba mucho. tanto que cerraba los ojos. Ella chupaba y estimulaba, ella también lo disfrutaba, se notaba el placer en su rostro. Unos cinco minutos después, él se levantó, la recostó a la mesa y comenzó a penetrarla fuertemente de pie, frente a todas las demás. Ella gemía como un animal y a él le gustaba. La penetró de esa manera hasta que terminó.

La chica regresó a su silla con un rostro lleno de placer, fascinada por ser penetrada por Bordat.

CAPÍTULO XII

Marta

La fiesta de mi bienvenida no había resultado tan mal del todo, fue bueno comprobar que no vivía sola en aquella casa con mi secuestrador. Esa noche Bordat me llevo a mi habitación y decidió quedarse hasta la madrugada contándome historias.

-esa chica rubia que tuvo sexo conmigo se llama Marta, ella quiso ser una de mis chicas por su propia voluntad.
- ¿porque querría ser una de tus putas? –le pregunte retóricamente-
-aunque no lo creas muchas lo hacen por su propia voluntad, son amantes del sexo y hacer algo que te gusta nunca será una tragedia, y mucho menos si ganas dinero con ello.
-entiendo ¿cómo llego ella aquí entonces?
-cuando vivía en Barcelona, la conocí en una fiesta, ella apenas tenía dieciocho años en ese entonces, era una fiesta en uno de los barrios más peligrosos y fieros, había gente de todo tipo, rateros, carteristas, dealer de drogas y prostitutas también por supuesto. Sin embargo, ella era una niña mimada que no encajaba en la alta sociedad, vivía rodeada de lujos, coches muy costosos y estudiaba en el mejor colegio de la ciudad.
-no creo que tener esa vida sea una tragedia. –le dije sarcásticamente-.
-lo creas o no, el dinero muchas veces no hace felices a las personas. Hay gente y conozco a muchos, a los que el dinero, de hecho, les ha llevado a un camino directo a la infelicidad. Marta vivía sola con sus padres, era hija única, pero su vida estaba llena de soledad, sus padres nunca estaban en casa, nunca tenían tiempo para ella, para ver una película, para ir a esquiar, jugar algún deporte, nada. A la gente así lo que le sobra, es falta de autoestima.
-entiendo. –y cuando le conociste en aquella fiesta ¿qué sucedió?
-yo estaba en la fiesta porque un par de amigos me habían invitado, en plan solo de disfrutar, allí nadie sabía la vida que llevo, fumaba y bebía compartiendo con ellos, hasta que una de las chicas de la fiesta me la presento.

Bordat contaba la historia con una nostalgia abrumadora, no sé si eran los tragos, pero parecía contar aquello con amor y honestidad.

-cuando nos presentaron le dije que era un hombre de negocios y ella se mostró muy interesada en mi desde el principio, le dije que no le podía explicar a lo que me dedicaba porque no lo entendería, pero mostro una curiosidad esplendida.
-y que sucedió?
-luego de la fiesta intercambiamos números de contacto y al otro día nos vimos en mi vieja casa de Barcelona. Ella me tenía unas ganas tremendas desde la noche anterior, vimos películas, nos besamos, le ofrecí vino, bebimos e hicimos el amor como unas bestias. Siempre ha sido ese bombón. Estaba claro que la atracción era inminente.
-y le contaste a que te dedicabas de una vez o ¿cómo se enteró?
-se lo dije de una vez, le dije que mi vida estaba en Madrid, que usaba a mujeres para obtener dinero, que las prostituía y pensó que era broma. De hecho, le tuve que enseñar el catalogo para que me creyera.
-que impresionante, jamás pensé que alguien como tú, se enamorara y tuviera sentimientos.
-no los tengo, pero con ella quede enganchado, hablando de atracción, me fascino desde el primer momento, solo quería follarmela y ya.
-y como reacciono, cuando entendió que era cierto lo que le decías.
-dijo que no importaba, que estaba dispuesta a irse conmigo, que su vida no tenía sentido, que a lo mejor conmigo su vida sería un poco más interesante.
-es un poco difícil de creer que cosas así sucedan en la vida real, pero suceden.
-cuando llegamos a Madrid, le hice varias identidades como a todas, y como veis, también debí encadenarla, por si cambiaba de parecer y huía, podría delatarme, no podía tener ningún tipo de privilegio, ella decidió hacerlo por su propia voluntad.
- ¿y ella ha estado con otros hombres?
-sí, con muchos.
- ¿y no te dan celos?
-no, solo me gusta follarla de vez en cuando, no estoy enamorado de ella.
-eres un tipo algo extraño Bordat.
-lo sé, y no me molesta.

Al día siguiente, cuando amaneció el ya no estaba en la habitación, estaba mi comida como siempre y una bata de seda limpia. Me sorprendió cuando horas después entro el, junto a Marta. Ella entro en silencio encadenada, en la aseguro a mi cama y se fue.

-Hola Laura.
-Hola Marta.
-al parecer mi Bordat ya te hablo de mí, sin embargo, me dijo que quería que nos conociéramos.
-me conto un poco de cómo se conocieron. –le respondí.
-todo lo que te dijo es verdad, yo estoy aquí por decisión propia.
- ¿nunca te has arrepentido de eso?
-no. –respondió con una firmeza clara.
- ¿y tus padres?
-no los echo de menos, ellos tampoco a mí.
- ¿cómo estás segura de eso?
-lo sé, al principio, se corrió el rumor en Barcelona, de que me habían secuestrado, porque la última vez que me habían visto había sido en un barrio peligroso de la ciudad y una niña rica no debe andar en esos lugares.
-me buscaron por dos meses, Bordat me mostro las noticias, parecían preocupados, pero poco después simplemente dejaron de buscarme.
-entiendo.
-a la gente con mucho dinero solo le importa hacer más dinero Laura.
- ¿y qué piensas de Bordat?
-él es un poco extraño, pero cuando lo conoces bastante, empiezas a entenderlo.
-para mí es un psicópata que se aprovecha de mujeres como tú y como yo para hacer dinero.
-al principio todas piensan eso, porque crees que es el único culpable de lo que sucede, pero sus negocios funcionan gracias a una gran red de personas, incluyendo a las autoridades.
-hablas de corrupción.
-sí, pero es algo difícil de comprender por ahora para ti.
-somos productos de un buen negocio.
-así es Laura. Ya verás que con el tiempo te acostumbraras.

Marta parecía estar muy al tanto de cómo funcionaba todo en el negocio de la prostitución, no le molestaba ser una esclava sexual, vivía tranquila en la lujosa casa, como un perro acostumbrado a sus cadenas, y a ser sacado a pasear de vez en cuando.

Ella encendió unos cigarrillos y me pregunto si ya había tenido sexo con Bordat. Le dije que no, que en un par de días finalizaba la semana que él me había dado de plazo para aceptar entregarme a voluntad, porque de no hacerlo me violaría. Ella se rio a carcajadas, decía que Bordat era muy blando conmigo, que yo tenía suerte, porque normalmente el plazo era de un día, decía que yo tenía privilegios.

-Mi Bordat se está volviendo blando.
-la verdad es que no le tengo miedo, nunca ha sido violento conmigo.
-no lo será, le gustas demasiado.
- ¿y te dan celos?
-solo un poco, pero tú me caes bien. De igual modo anoche nos dejó claro a todas que tú serás la consentida de ahora en adelante.
-no sé si eso es un privilegio o una maldición.
-créeme será un privilegio.
- ¿tu cuando tuviste sexo por primera vez con él, eras virgen?
-no, obvio que no, yo perdí mi virginidad a los trece años nena. –me respondió riéndose.
-creo que debí experimentar un poco desde más joven, no se mucho sobre sexo.
-es simple, abres las piernas y disfrutas como entra y sale su polla.
-no lo veo tan simple.
-a los hombres les gusta verte en cuatro patas, con tu culo desnudo frente a ellos. Los hombres son débiles, caen ante unas piernas abiertas, no hay mayor deseo para ellos que una hermosa y jugosa vagina.
-yo soy virgen Marta.
-se te nota.
-sé que igual me dolerá
-el dolor pasa, y si te enfocas en el placer, el dolor desaparece. Luego lo empiezas a disfrutar.

Si no dejas que te toque y si no te dejas llevar te va a doler y mucho, porque tu cosita no estará preparada para que entren en ella. Es decir, si te dejas llevar, y en vez de frustrarte porque no te gusta, te dejas, sentirás satisfacción, tus hormonas cooperarán, saldrán a bailar y le darán la bienvenida, el dolor existirá, pero será corto y se convertirá en placer.

-creo que comprendo.
-hagamos una prueba.
- ¿una prueba?
-si. -me dijo poniéndose frente a mí.
-esto es algo raro para mi Marta. –le dije con cierto nerviosismo.
-solo déjate llevar, no te hare daño. –dijo mientras besaba mi cuello y acariciaba mi cabello.
- ¿qué hago?
-no hagas, nada solo relájate. –dijo abriéndome las piernas y tocando mi sexo con sus dedos.

Me besaba muy lentamente, y yo seguía el juego de su lengua, ella usaba sus dedos para estimularme, y el roce me empezó a colocar húmeda. Me recosté en la cama y ella abrió mis piernas, con su lengua lamia mi vagina y sentí como empezaba a inflamarse, ella introducía su lengua y succionaba de vez en cuando, como si me estuviera dando un beso, pero en mi vagina. Ella tenía razón, empecé a disfrutarlo, no quería que ella se detuviera, sujete sus cabellos y movía su cabeza hacia mi sexo con vehemencia, hasta que tuve mi primer orgasmo.

Fue abrumador y quería más, luego intercambiamos de roles y era yo quien quería chupar su vagina, su sabor era extraño, pero me gustaba, al principio no sabía lo que hacía, intente repetir lo que ella había hecho conmigo. Metía mi lengua dentro y besaba sus labios, era placentero, luego, como por inercia, metí mis dedos dentro y ella empezó a gemir, le gustaba, lo hice con repeticiones rápidas, hasta que ella también llego al orgasmo.

Luego ella se recostó a mi lado y me abrazo, me besaba diciendo que lo había disfrutado y que aprendía rápido. Nos quedamos allí y del cansancio de aquel encuentro, nos quedamos dormidas.

Era extraño, pero debo aceptar que disfrute mucho aquella primera vez con Marta. Y por primera vez deje de sentir miedo por el sexo, me sentía preparada, a lo mejor ya sabría qué hacer cuando llegara el momento. Descubrí que el sexo era algo que fluye por naturaleza, entendí la satisfacción que sentían mis ex compañeras lesbianas en la academia. Y honestamente me arrepentí de no haber experimentado aquello antes.

Unas horas después entro Bordat y sin decir palabras se llevó a Marta a su habitación.

CAPÍTULO XIII

Bordat

Había culminado la semana de plazo que me había dado mi secuestrador para que aceptara tener sexo con el sin tener que violarme. Luego del encuentro con Marta me sentía lista para enfrentar ese momento.

Aquella noche entro Bordat a la habitación, se sentó en el sofá sin hacer comentarios.

-hazme el amor Bordat. –le dije.
-parece que eres una chica muy inteligente Laura. –me respondió.

Me quite las sabanas que tenía encima, y me quite la bata de seda, abrí mis piernas y empecé a tocarme. El me observaba un poco sorprendido. Yo me tocaba frente a él y él se comenzó a excitar. Se colocó de pie y camino hasta un costado de mi cama.

-ven, arrodíllate. –me dijo y coloco una almohada en el piso.

Yo hice lo que él me pidió y repetí la escena que había visto de Marta, le abrí la cremallera y empecé a estimularlo con mis manos. En mis manos sentí como su sexo se iba endureciendo, eso significaba que lo estaba haciendo bien.

Un minuto después introduje su miembro en mi boca y empecé a chupar, recordando lo que había hecho con Marta. Esta vez era un poco distinto, pero la sensación era la misma, sentía como se ponía más duro. Luego de unos dos minutos Bordat me tomo de los brazos y me empujó hacia la cama, yo lo miraba fijamente sin decir palabras, él tampoco decía nada, el momento era muy intenso. Mi vagina estaba completamente húmeda, el me abrió las piernas y empezó a hacerme sexo oral con vehemencia. Yo empecé a agitarme, lo estaba disfrutando, me gustaba. Aun no llegaba al orgasmo cuando él se levantó, se puso encima de mí y me dio un beso, yo le respondí el beso, estaba muy excitada. Y en medio del beso me penetro por primera vez. Marta tenía razón, me dolió solo un poco, y minutos después, el dolor se transformó en placer.

Aquella primera vez la disfrute mucho, el me follo educadamente, sin violencia, tan solo con la adrenalina que genera aquel momento. Me penetro por diez minutos hasta que llego al orgasmo dentro de mí.

- ¿viste que es mucho mejor cuando lo haces sin protestar? –me dijo recostándose junto a mí y acariciándome el cabello.
-lo disfrute Bordat. –le dije.
-yo también y mucho. -eres hermosa Laura.
-gracias. En este momento puedo llegar a creer que eres una persona normal.
-soy una persona normal, pero soy diferente.
-eres malo, secuestras a mujeres y las explotas sexualmente.
-las personas normales también hacen cosas malas a veces.
- ¿nunca has pensado en cambiar de vida?
-no, a mí me gusta esto, siento que todo está bajo mi control, que soy quien tiene el poder.
-lo tienes.
-eres una buena chica, yo soy alguien con mil demonios y que no le molesta tenerlos.
-tienes una forma de pensar muy extraña Bordat, supongo que debes tener una historia, un pasado.
-lo tengo.
-cuéntame tu historia Bordat, quiero intentar entenderte.

-yo nací en Bilbao, en una familia de clase baja, mis padres me abandonaron, nunca los conocí, a mí me crio una tía que era prostituta. Vivíamos en un barrio que se llama Uribarri, en aquel tiempo se vivía una situación difícil, tanto que mi tía no tuvo otra opción que ejercer la prostitución, siempre ha sido un buen negocio. A mí me daba unas pequeñas tarjeticas con su número y el de algunas amigas de ella que también ejercían de prostitutas. Crecí en ese mundo desde pequeño.
-claro, viste que era un buen negocio y decidiste comenzar el tuyo propio después.
-no fue solo por eso, tiempo después, yo ya tenía como dieciséis años, mi tía me había pagado el bachillerato y al salir yo le dije que no quería estudiar más. Y no me puso problema. Nos mudamos a otro barrio y ella nunca cambio de trabajo, le sacaba provecho a su belleza. En el nuevo barrio empezó a trabajar en un club nocturno, pero allí tenía que pagar comisiones al dueño por cada cliente que estaba con ella, yo le decía que no estaba de acuerdo, pero ella se negó a dejar el club.
- ¿y qué hiciste?
-me involucré con el dueño del club, un viejo gordo que también era traficante de drogas, el me enseñó a vender drogas en los colegios y yo aprendí rápidamente. Me volví como un hijo adoptivo para él, manejaba buena pasta, cuando cumplí veintidós, me compré mi primer coche y mi primera casa.
-el viejo gordo me trataba como su propio hijo, cuando llegaban chicas nuevas al prostíbulo, me dejaba probarlas a mi primero. Me las obsequiaba como regalo. Por eso nunca he visto a las mujeres con otros ojos que no sea, para follarlas y para que produzcan dinero para mí con su cuerpo.
-entiendo, por eso nunca has tenido una relación con ninguna mujer.
-no, nunca, lo más cercano a eso es Marta, y, aun así, es una más de mis chicas.
-es una historia triste Bordat.
-no del todo, a mí me hace feliz cuidarlas a todas, cuando no hay necesidad de violarlas.

-tiempo después, el viejo Gordo se murió y yo me quedé con toda la pasta, cerré su viejo burdel en Bilbao y me vine para Madrid. Compre varias casas, las decore a mi gusto y empecé a traer a las chicas, contrate al falsificador, mande a crear las páginas en internet, cree mi negocio, que funciona igual todavía. Modernice un poco el modelo. Hoy en día todo se hace por internet.
-hablas como si fuese una empresa de hamburguesas.
-es similar, es un simple y buen negocio.
- ¿Qué pasara conmigo ahora que ya me follaste?
-te publicare en la página, para mis clientes puedan pedir tus servicios.
- ¿los clientes vienen a la casa siempre o nos llevas a donde ellos estén?
-depende de cómo desee el cliente.
-entiendo.
-lo harás bien, debes actuar como lo hiciste conmigo, porque si te resistes, los clientes pueden golpearte, están autorizados a hacerlo, están pagando.
-no quiero que nadie me golpee.
-nadie te golpeara si actúas como te digo.
-comprendo.

Bordat era un tipo que hablaba siempre seriamente, no mentía nunca y eso, al menos eso, me agradaba de él. Aquella noche Bordat y yo tuvimos sexo unas tres veces, yo me dejaba llevar, disfrutando de sus besos y sus caricias. Él se quedó en mi habitación, dormimos juntos y cuando amaneció, desperté y el ya no estaba.

Seguía intentando descifrar su personalidad, era un hombre extraño y frio. Su vida había sido diferente a la de cualquier persona desde el inicio, se formó para ser precisamente lo que era. Aunque pasara desapercibido ante el mundo, lucia como un empresario, bien vestido, sabia usar las palabras correctas, era mesurado, analítico, sabia manejar siempre la situación a su favor. Era un genio, guapo y malvado, esa es la descripción más acertada para él.

CAPÍTULO XIV

Los primeros clientes

Días después de aquella primera vez con Bordat, me toco conocer a mi primer cliente, él había decidido que el servicio debía realizarse en su departamento, Bordat me dio ropa y una lencería muy sensual, que debía lucir en el encuentro.

Me llevo en su coche, llegamos a una residencia muy elegante al norte de Madrid, él me había quitado la cadena y me advirtió que llevaba consigo un arma de fuego por si me daba por escaparme, que la usaría si era de ser necesario y conociendo su frialdad sabía que hablaba en serio. Decidí no hacer nada estúpido y seguir sus órdenes, subimos en el ascensor hasta el piso correcto, toco una puerta y me dejo allí, diciéndome que esperaría afuera unas dos horas.

La puerta se abrió y entre, el cliente era el joven falsificador. Me sorprendí, el joven no pareciera necesitar contratar ese tipo de servicios, sin embargo, lo había hecho.

-hola Laura.
-hola, que mal que tu si sepas mi verdadero nombre. –le dije irónicamente.
-eso es confidencial, nadie más sabrá que te llamas así.
-bueno, creo que vine a tengas sexo conmigo, para eso pagaste.
-claro, pero vamos con calma, pague dos horas.

- ¿qué quieres hacer entonces?
-primero te tomare unas fotografías, desnuda.
-ok.

Bordat me había enfatizado muchas veces que a los clientes se les ocurría hacer cosas extrañas y que debía acceder, ya que pagaban para hacer conmigo lo que estuviera a sus antojos. El joven falsificador tenía unos veintiocho años, en la sala de su apartamento, había un gran estudio, con muchas luces y una cama en el medio. Allí me dijo que me quitara la ropa y me hiso posar para el desnuda, me hizo cientos de fotos, seguramente para su colección personal de prostitutas.

Un rato después me dijo que me colocara la lencería que había pedido que usara y con ella puesta, me tomo unas fotos más. Luego de las fotos sirvió unas copas de vino y me dijo que normalmente no contrataba prostitutas, que prefería salir con chicas normales, pero que yo le había parecido muy atractiva desde el día que me hizo las fotos para los papeles falsos.

Hablamos un poco, me conto que se dedicaba a falsificar documentos, que había hecho trabajos para todo tipo de personas, me dijo que se llamaba Malih y que era de origen marroquí, me llevo a su baño donde tenía un bonito jacuzzi, allí se desvistió y follamos. Empecé a entender que el procedimiento siempre era el mismo, besos, estimulación y penetración hasta llegar al orgasmo. Malih sabia tratarme, me penetro en diferentes posiciones hasta que estuvo satisfecho y termino.

Al rato me vestí, salí del apartamento y afuera me estaba esperando Bordat, me pregunto si todo estaba en orden, le dije que sí y nos fuimos.

Ese día comprendí que la prostitución seguramente era el trabajo más fácil del mundo, como decía Marta, era cuestión de abrir las piernas un rato y ya.

Dos días después volvieron a solicitar mis servicios, esta vez el cliente iba a la casa de Bordat, el entro primero y me dio las instrucciones, me entrego una lencería color rojo y una crema chantilly en lata. Se fue y cinco minutos después entro a la habitación un hombre
alto y rubio, que me hablo en inglés. Se sentó en el sofá a observarme primero y me pidió que me masturbara, yo seguí su orden y comencé a tocarme con mis dedos. Ese día descubrí que encontraba satisfacción haciéndolo, por unos minutos imagine que me encontraba sola en la habitación y disfrute de mi autosatisfacción.

El cliente comenzó a hacer lo mismo, se abrió sus pantalones y empezó a masturbarse. Luego de unos minutos se levantó, me pidió la lata de crema y me impregno en los pezones, y en mi vagina. Luego me lamia los pezones y me los chupaba, eso me excito mucho. Poco a poco bajo hasta mi vagina y allí también lamia y chupaba. Luego me pidió ponerme en cuatro y en esa posición me penetro con fuerza, me sujetaba el cabello y me halaba hacia atrás, era violento, pero no como para lastimarme. El hombre lo hacía sin maltratarme, luego de un rato penetrándome finalmente termino y se fue.

Poco a poco iba descubriendo que cada cliente era muy distinto, con gustos opuestos entre sí, la mayoría solo querían un rato de penetración hasta eyacular, algunos eran exigentes y querían vivir una experiencia como se ven en las películas para adultos, otros tenían manías extrañas. Había de los que les gustaba usar algo para untar, otros quienes me pedían colocarme disfraces que ellos mismos llevaban. Unos eran delicados y amables, otros agresivos y maltratadores, aficionados del sexo violento y los golpes.

A veces me dejaban con hematomas en las nalgas y en el cuello, esas veces no me agradaba nada el sexo, eso no era sexo, aquellas veces la satisfacción era única y exclusiva del cliente, yo no disfrutaba. Afortunadamente la mayoría de los clientes no eran así. La mayoría eran educados, porque quieren ser complacidos y también quieren tener la sensación de que complacen, aunque estén pagando.

Con el tiempo empecé a aprender aquellas cosas que le gustaban a la mayoría, el escuchar gemidos, por ejemplo, es algo que les gusta a todos los hombres, sienten que no solo están disfrutando ellos, también sienten que están dando placer. A veces había quienes me hacían gemir auténticamente, en verdad los disfrutaba, y había quienes no, entonces aprendí a fingir. Descubrí que los gemidos bien hecho hacían perder el control de ellos muchas veces y eyaculaban más rápido. Mi trabajo se hacía más corto, porque la mayoría de los hombres quedan exhaustos luego de eyacular.

El tiempo me enseñaba, iba aprendiendo y lo usaba a mi favor, como cualquier persona en cualquier trabajo, con el tiempo descubre los trucos, los atajos para facilitarlo todo. Cuando los clientes bebían, yo les seguía el juego y también bebía, pero los obligaba a beber más a ellos, algunos se emborrachaban rápido y se quedaban dormidos sin si quiera completar el acto del sexo. Aprendí a dominar la situación en la mayoría de las veces, al menos que el cliente fuera un bastardo violento.

Con el tiempo me convertí en la consentida de Bordat, era su puta preferida, de vez en cuando teníamos sexo, a veces él y yo solos, y otras veces hacíamos tríos con Marta, eso me gustaba mucho, disfrutaba ser penetrada mientras besaba a Marta.

Dos años después Bordat nos dejó vivir en un apartamento a Marta y a mi solas, le habíamos generado mucho dinero y aunque trabajáramos para el de manera obligada, nos compenso dándonos cierto aire de libertad, ya las llamadas los clientes las hacían directamente a nuestro móvil, el seguía nuestros movimientos, la condición era seguir trabajando para él, si por algún motivo decidíamos huir, había prometido asesinarnos.

Nunca paso por mi mente escapar, me había acostumbrado a aquella vida, hasta que conocí a Lorem.

TERCERA PARTE
OBSESIÓN

CAPÍTULO XV

Lorena

Desde Bucarest contacte a Marta y le dije que no pensaba volver a trabajar con Bordat, que había conocido a un hombre que me había abierto los ojos, que no quería volver a vender mi cuerpo, que me perdonara por abandonarla, pero que era necesario recuperar mi vida. Aquel día llore mucho en aquella llamada, porque a Marta le tenía mucho aprecio, era una de las pocas personas que siempre había sido honesta conmigo desde el primer momento. Le insistí en escapar, pero ella le temía mucho a Bordat, me rogo que no volviera a Madrid porque el sin duda me asesinaría. Yo le prometí hacer lo posible por rescatarla de esa vida, que estaba segura que abriría los ojos igual que yo.

Marta me consiguió el contacto de Malih, el falsificador y también lo llame. Necesitaba recuperar mi verdadera identidad y él era quien podía ayudarme. Planificamos una cita en Madrid y en una semana llegue. Nos vimos en un viejo hotel, el prometió no delatarme con Bordat y por eso viaje sin temor, de todas formas, ya no le tenía miedo. Malih me estaba esperando, tenía en sus manos mi pasaporte original y me lo entrego, le conté todo lo que me había sucedido desde que conocí a Lorem y también me apoyo en la idea de recuperar mi vida.

Malih me ofreció su casa para hospedarme mientras estuviera en Madrid, allí sería el último lugar en donde me buscaría, acepte la propuesta y me fui con él. En su casa mientras conversábamos me pregunto por Lorem, porque decía que ese nombre le parecía conocido y yo le enseñe algunas de las fotos que me había tomado con Lorem en el viaje a Francia. Algo que le volvió a dar otro giro a mi vida ya acostumbrada a estar llena de sorpresas.

-Laura, esa persona no se llama realmente Lorem. –me dijo Malih y yo sentí un escalofrió terrible por todo mi cuerpo.

- ¿qué estás diciéndome Malih?
-eso que estas escuchando, esa persona no se llama así realmente. –me respondió mientras buscaba unos archivos en sus armarios, hasta que encontró la carpeta que buscaba, vi que la capeta tenia pegada una foto de Lorem por afuera y sentí pánico de inmediato.
-su verdadero nombre es Lorena. –yo estaba helada, cuando él dijo aquel nombre, a mi mente vinieron recuerdos y todos me sabían a una palabra que nunca me había gustado, "obsesión".
- ¿Lorena qué? -pregunte.
-Lorena Janssens. –respondió Malih sin saber que yo ya había escuchado ese nombre hace muchos años.
- Lorena Janssens, es un transgenero, una chica que se quiso convertir en hombre, hace un año le hice su nueva identidad, de hecho, la identidad no es nueva, ella quiso usar la identidad de su ex novio.
-esto es una locura Malih. Yo sé perfectamente de quien me estás hablando, porque yo estudie con esa persona en Bélgica, fuimos a la misma academia.
-el verdadero Lorem, su ex novio, falleció de cáncer en la cabeza, murió en su casa, pero Lorena no lo reportó a las autoridades. Si lo hacía se quedaba en la calle, porque ellos no se casaron nunca, para no perder la fortuna, decidió transformarse en Lorem y usurpar su identidad.
-esto es demasiado escalofriante. Yo debo ser la persona con menos suerte del mundo, huérfana, obligada a ser puta y ahora engañada por una obsesiva transformista.

-en el mundo en que yo me muevo he visto cosas como esta y peores, al menos te puedo decir que ella no mato a nadie, simplemente fue la solución que encontró para no quedarse en la ruina. Cuando su ex novio murió, ella con dinero hiso que unos médicos corruptos dijeran que quien había fallecido era ella misma, hubo un sepelio y enterraron a Lorem pensando que era Lorena.
- ¿no mato a nadie? A mí me acaba de asesinar, creí haber encontrado a alguien que me rescataba de una vida a la que nunca debí llevar. Pero no, toda mi vida ha sido una gran red de mentiras, de engaños. Ella estuvo enamorada de mí en la academia y me odiaba por haberla rechazado en aquel tiempo.
-cuéntame.

Laura le contó a Malih que Lorena fue una estudiante de Lady Blue, quien estuvo enamorada de ella durante años, desde que llego a la academia, pero ella nunca la quiso porque no era lesbiana. Lorena era unos cinco años mayor, así que dejo mucho antes la academia y se mudó a España para trabajar como intérprete.

Malih le conto a Laura, que Lorena trabajo durante años junto a Lorem, viajaron juntos, se conocieron y se enamoraron, tres años después ambos dirigían la empresa de envíos de los padres de Lorem.

Cuando la madre de él se fue a vivir a los Estados Unidos, la Srta. Lady Blue necesitaba un nuevo contacto en España, para recibir una de sus estudiantes. Lorena supo que se trataba de Laura, su más fuerte fantasía en la época de la academia. Aun le guardaba rencor por haber rechazado su amor y logró entablar contacto con mafias de trata de mujeres y prostitución de Madrid, para que recibieran a Laura como una falsa empresa de intérpretes.

Su jugada había resultado magnifica. El vasco Bordat recibió a Laura, la secuestro, la encerró durante dos meses en una de sus casas. Hasta que termino transformándola en un ser destruido, sin dignidad, arrebatándole su aprecio por sí misma y consiguió convertirla en una de sus prostitutas.

Laura estaba en shock, su vida no dejaba de sorprenderla, pero esta vez estaba dispuesta a enfrentar su destino, decidió contactar a Lorena o, mejor dicho, el ahora Lorem, sin decirle que sabía la verdad.

Lorem llego al lugar de la cita puntual como siempre, era en el viejo hotel donde se había encontrado con el falsificador. En la habitación estaba Laura sentada en la cama, y sobre una pequeña mesa estaba la carpeta que le había mostrado el falsificador.

-Hola Lorena. –dijo Laura con un tono de decepción que desplomo a Lorem.
-… (silencio)

-perdóname Laura, te he hecho demasiado daño.
-eres un demonio, creo que Bordat no es nada malo comparado contigo.
-me debes estar odiando en este momento y eso lo comprendo Laura, pero déjame explicarte mi verdad.
- ¿Cuál verdad? Que eres una maldita obsesiva u obsesivo, no sé cómo mierda decirte, que primero te fijaste en mí, cuando yo era una niña, que por no prestarte atención me guardaste rencor ¿tanto que me metiste con personas que me convirtieron en una puta? Que sepas que me acostumbre a ello, de hecho, ya lo consideraba una vida normal, malo o no, me había acostumbrado a ello, estaba tranquila.
-perdóname Laura…
-perdóname nada ¿qué me dirás? ¿Que el karma te obligo a sacarme de ese mundo en el que tú misma me metiste?
-eso es algo de lo que me arrepiento.
- ¿y porque no te arrepentiste antes de hablar con Bordat? Lo hiciste cuatro años después.
-tuve que aprender, la vida me castigo cuando perdí a Lorem. Había hecho demasiadas cosas malas, solo quería remediar el error que cometí.

-y lo remediaste convirtiéndote en hombre, contratándome y enamorándome en un puto viaje que tú también planificaste, todo lo tuyo es una farsa, mírate en un espejo, ni si quiera eres realmente lo que él te refleja. Engañas al mundo entero y crees que tienes todo perfectamente controlado, pero no. Nunca llegaste a imaginar que el mismo falsificador con el que suplantaste la identidad de Lorem, sería el mismo que les hiciera los pasaportes falsos a las putas de Bordat.
-Malih…
-tu no tenías pensado decirme la verdad, creías haber logrado con éxito un plan perfecto, pero en este mundo no hay nada perfecto Lorem, o como quieras que te hagas llamar.
-Laura, por favor escúchame.
-vete al demonio, no te quiero volver a ver.

Laura dejo aquel hotel enfurecida y se fue nuevamente a la casa de Malih.

CAPÍTULO XVI

Muerte y Vida

Laura estaba destrozada, era la enésima vez que la vida le arrebataba una ilusión, cuando pensaba que todo estaba bajo control, algo extraño sucedía. Pensaba en cómo alguien era capaz de hacer tanto daño, de fingir, de hacer lo que fuera posible para lograr un objetivo y Lorena lo había logrado, había conseguido que ella cayera en sus encantos, en apenas unos días se había enamorado de aquel hombre perfecto. Sin embargo, esa no iba a ser la única noticia devastadora aquel día.

Estaba contándole al falsificador lo que había sucedido en el encuentro con Lorem-Lorena, cuando a su móvil entro una llamada que provenía de Bucarest. Era la enfermera a cargo de los cuidados de Lady Blue, la llamada consistía en avisarle a Laura que la Sra. Blue acababa de morir a causa de una deficiencia respiratoria. Laura estaba conmocionada, el universo le había arrebatado el mismo día a dos personas que amaba. La enfermera le dijo a Laura que debía viajar a Bucarest, porque Lady Blue así se lo había pedido días antes si algo le sucedía.

Laura se sentía en el aire, no sabía qué hacer, de pronto extrañaba la monotonía de ser una de las chicas de Bordat, en donde nunca ocurría nada extraño, los días siempre eran iguales. Su vida cambio de manera extrema en muy poco tiempo. Bordat seguramente la estaba buscando y Lorem también, se sentía agobiada.

Laura decidió que debía ir primero a Bucarest, pero antes quería hablar con Marta, sintió que necesitaba contarle lo que le estaba sucediendo.

Llego al apartamento donde vivía antes con Marta, ella estaba muy asustada, Bordat estaba como loco buscando a Laura y la golpeo exigiéndole que le dijera donde estaba, pero Marta no sabía nada.

-tienes que irte conmigo Marta, Bordat es una bestia.
-a donde quiera que huyamos él nos encontrara Laura.
-no lo hará, te lo prometo.
- ¿qué ocurrió con Lorem?
-Lorem resulto no ser quien decía ser, todo el mundo intenta engañarme siempre, menos tu Marta, te necesito, quiero que huyas conmigo.
-tengo miedo Laura, sé que Bordat nos puede matar.
-yo me estoy quedando en la casa del falsificador, allí estaremos seguras hasta mañana, a primera hora cogemos un vuelo y nos vamos de España.
-está bien, me iré contigo.

Ese día nos fuimos a la casa de Malih solo con un par de maletas, dispuestas a huir, lucíamos como fugitivas escondiéndonos de Bordat, quien estaba completamente loco de perder a sus dos chicas favoritas. Malih nos consiguió dos boletos hacia Bucarest para el día siguiente y partimos de España, dejando todo atrás.

Cuando llegamos a la casa donde vivía Lady Blue, todo estaba lleno de flores, preparado para su funeral. Nunca imagine vivir escenas así, le contaba anécdotas a Marta que había vivido con mi madre sustituta, le hablaba sobre el cariño que le tenía y lo mucho que me dolía su muerte, lloro conmigo aquella despedida, inesperada y sumamente dolorosa.

Una semana después nos visitó la antigua abogada de la Srta. Blue, me entrego unos documentos y leyó un testamento que había dejado ella. En el texto del documento decía que ella había decidido que todos sus bienes serian heredados a mí, sus ahorros en el banco, la casa en Bucarest y la academia que estaba cerrada en Bélgica, ya que no tenía hijos, ni hermanas, ni padres, ver mi nombre en aquellos papeles toco mi alma, ella me quería como su propia hija y me había estado buscando para poder dejarme todo.

Rompí en llanto, después de tantas tragedias en mi vida, luego de haber vivido experiencias indeseables para cualquier persona, por fin parecía el universo conspirar a mi favor.

Pero tenía que poner las cosas en orden, Lorem-Lorena sabía que probablemente estaba en Bucarest con mi antigua maestra. No podía permanecer tampoco mucho tiempo allí. Nos fuimos al día siguiente a Bélgica a la antigua academia, ese sería el último lugar donde iría a buscarme.

Llegué con Marta a mi antiguo hogar y tuve la sensación de que no debí haberlo abandonarlo nunca, ella se impresionaba con lo hermosa que era la academia, con su estilo antiguo pero lujoso, los enormes pasillos, las lindas habitaciones, el gran comedor donde tantas veces compartí con mis ex compañeras, ese día mi vida volvió a tener color y por mi mente surgieron unas ganas inmensas de volverá abrir la academia y continuar con el legado de Lady Blue. Seguramente eso es lo que ella hubiese deseado. Marta estaba muy animada con la idea y me apoyo mucho.

Las semanas siguientes nos ocupamos de poner todos los papeles en regla y en retocar el lugar, contratamos servicios de remodelación y durante dos semanas la casa estuvo repleta de obreros, quienes se encargaron de dejar la academia majestuosamente hermosa. Colocamos anuncios en los diarios de la ciudad y en las redes sociales, pronto empezaron a llamarnos desde orfanatos para postular chicas de todas partes de Bélgica para que recibieran la educación que nosotras recibimos.

Aquellos días me devolvieron la razón de mi existencia, Marta decidió por si misma estudiar una carrera para ayudarme a administrar la academia.

La academia ahora se llamaba *The Lady Blue College*, en honor a la única persona que siempre le dio valor a mi vida.

CAPÍTULO XVII

Un día en el parque

Habían transcurrido alrededor de ocho meses, había recuperado mi vida y ahora dirigía la academia que ya funcionaba completamente. Marta asistía a la universidad, por las tardes íbamos a caminar al parque y luego cenábamos en algún restaurante cercano.

Un día en el parque Marta me sorprendió con un pequeño obsequio, que traía en una pequeña caja de color rosa. En la pequeña caja tenía un par de cadenas de oro con un dije que colgaba con la palabra "libertad", mis lágrimas se desbordaron de inmediato, habían pasado ocho meses y de tan ocupadas que estábamos con la academia, no nos habíamos tomado un tiempo para darnos cuenta de que aquella palabra había regresado a nuestras vidas.

-hace ocho meses me devolviste mi libertad, y no te he agradecido, creo que ya era hora que lo hiciera.
-no te preocupes Marta, estar conmigo, apoyarme, ha sido la mejor forma de demostrarme que ya lo hiciste.
-no te dejare nunca Laura, contigo aprendí que podía proponerme metas y cumplirlas. —me dijo ella tomándome de la mano y dándome un beso en la mejilla.
-te quiero Laura.
-te quiero Marta. —le dije y le di un beso en la boca.
-quiero que sepas que me estoy enamorando de ti, eres la única persona que siempre me hablo con la verdad.
-tú también me gustas mucho Laura.
-se mi pareja, no necesito a nadie más que tú para estar tranquila.
-no necesitas pedírmelo, aquí estoy, no me iré nunca. —me dijo dándome otro apasionado beso.

Aquella hermosa tarde sellamos un amor que ya no podíamos ocultar, un amor que ambas merecíamos desde hace mucho tiempo. Nunca imagine que me enamoraría de una mujer, pero el tiempo me enseño que el amor lo despierta un alma, y esa alma puede habitar cualquier cuerpo, sin importar el género. Me enamoré de Marta y nunca antes me sentí tan feliz. Completa, llena de eso que solo la persona correcta te puede ofrecer.

En el cuello ambas llevábamos la palabra "libertad", que nos recordaría siempre, el haber logrado vencer ese oscuro pasado. Ahora ya distante de nuestras vidas. Sin hacernos sombra ni daño. Aprendimos que la libertad solo se puede disfrutar en compañía. Aprendí a disfrutar de su mirada, de sus abrazos, de su voz, de su cuerpo. Marta me enseñó a entender que el amor es algo que pocos logran descifrar. Pero que cuando lo logras, descubres que es algo hermoso y simple.

También aprendí, que existen orugas que no desean ser mariposas. Que descubrir que éramos lesbianas, de hecho, fue descubrirnos a nosotras mismas, fue descubrir nuestra esencia más íntima, oculta en lo más profundo de nuestro ser. Me tuve que perder, para poder encontrarme y encontrarla a ella. Que nos atrevemos muy poco para lo corta que es la vida. Y en eso debo reconocer que Lorem ayudo un poco, sin aquel viaje a Francia no sé cuánto tiempo más hubiese tardado en abrir los ojos y escapar.

Unos meses después llego a nuestra academia una carta sin remitente, la cual nos generó mucha curiosidad, más que miedo, después de tanto tiempo, todo aquello había quedado atrás. Aquella carta al abrirla decía:

> *Sé que no necesito poner un remitente, porque sé que sabes quién soy Laura. Te escribo porque hace unas semanas supe la noticia de la reapertura de la academia, que tu estas a cargo y me alegra mucho por ti, estos meses han sido extraños, nunca tuve la oportunidad de explicarte mi versión, tu decidiste irte sin escuchar. Y no te culpo, tiempo después he terminado por comprenderte, pero esta carta no tiene esa función, tú ya tienes una nueva vida, ese era el objetivo de aquel viaje y eso se cumplió.*
>
> *Esta carta es para informarte que ya no corres peligro alguno respecto a Bordat, hace cinco meses lo asesinaron, en una disputa entre mafias españolas. Esta información me la hizo saber Malih y la confirme con personas que investigaron por mí.*
> *También quiero decirte que no corres ningún tipo de peligro por mí. Entiendo que tienes una vida que te ha devuelto la felicidad y no me necesitas en ella. Y es irónico enterarme que decidiste rehacer tu vida con una mujer, pero me alegra. Por mi parte estoy intentando rehacer la mía.*
>
> *Malih ha decido colaborar con la justicia, gracias a él, consiguieron liberar a todas las chicas que habían estado bajo la red de prostitución de Bordat y muchos otros proxenetas de España. Eso también género que en sus papeles descubrieran que yo suplante la identidad de mi ex novio y estoy bajo investigación, mis abogados y yo, estamos intentando demostrarles que yo no asesine a Lorem y que falleció debido a su cáncer, al parecer las cosas van a mi favor. Pero aun debemos esperar por el veredicto final. Espero que sigas teniendo una vida excepcional junto a Marta, se feliz que te lo mereces. Y espero que algún día me puedas perdonar.*

Aquella carta me recordó otra palabra muy importante para mí, la cual era "perdón", Lorena me había hecho mucho daño, pero ella misma de alguna manera lo intento reparar, decidí perdonarle, en mi nueva vida no tenía espacio para malos sentimientos ni rencores del pasado. Todo eso pertenecía a un tiempo que ya no existía. No tenía razones para odiar, el amor que sentía por Marta había purificado mi corazón. Dos años después, decimos postularnos para adoptar a una niña, la cual fue aprobada cinco meses después.

La pequeñita llego a nuestras vidas cuando tenía tres años y su nombre era Elena.

-Fin-

El Código Rosa

Si habéis leído este libro, envíame una foto junto con él y tu opinión en Instagram.

@yosmanalfonsoguerrero

Made in the USA
Columbia, SC
01 September 2022

64840972R10074